かいくんとセラピー犬バディ

井上こみち●文

国土社

もくじ

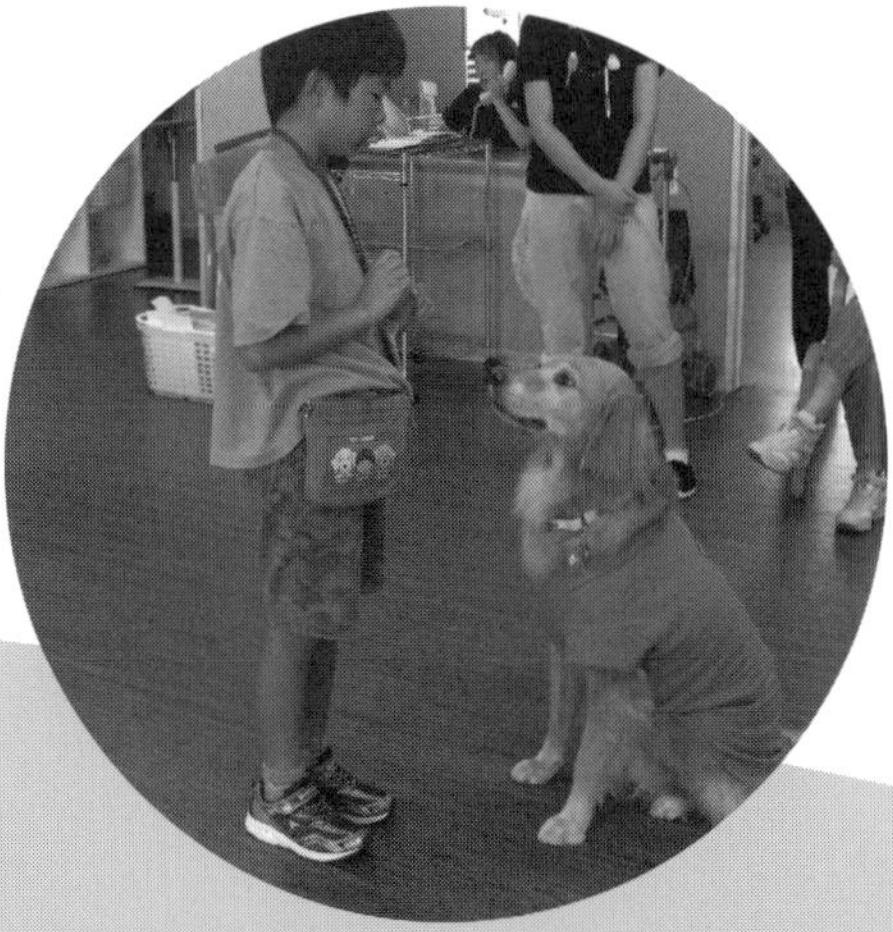

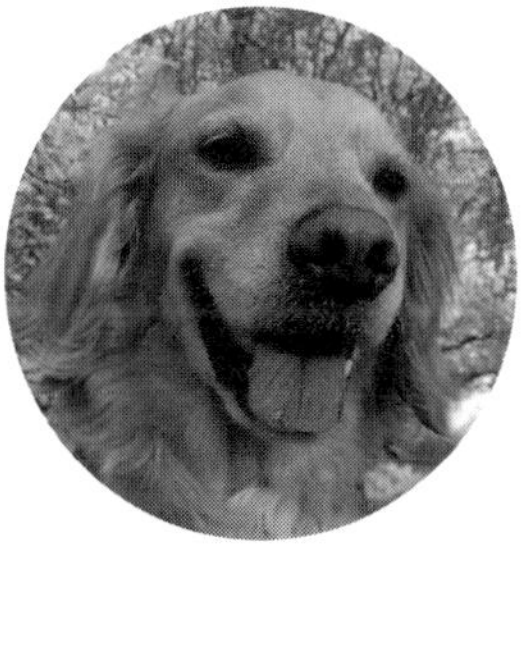

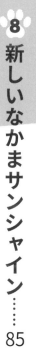

1 バディとかいくん

小学校四年生の太田海翔《おおたかいと》は、犬のバディといっしょにセラピー活動《かつどう》をしている。

スポーツが大すきで、とくに水泳《すいえい》と空手《からて》では地域《ちいき》の大会にも出場している。

友だちからは「かいくん」とよばれている。

かいとは、スイミングスクールに空手教室にと、毎日とてもいそがしい。

その上にもうひとつ、つづけていることがある。

飼《か》い犬《いぬ》のバディと、施設《しせつ》を訪問《ほうもん》していることだ。

保育園《ほいくえん》のときから、バディといっしょにセラピー活動をしていることは、友だちにも話している。

▲かいくん、
得意の空手ポーズ

▼「きょうもセラピー、がんばっていこうね！」
「はいっ」

でも、活動《かつどう》しているおとなたちの中で、たったひとりの小学生ボランティアだということは、あまり知られていない。かいとの住んでいる愛知県岡崎《あいちけんおかざき》市《し》で、セラピー活動をしている小学生は、かいとだけだ。

「こんどの日曜日は、バディといっしょに、お年よりの施設《しせつ》をセラピー訪問《ほうもん》するんだ」

かいとが話しても、友だちは、ふしぎそうな顔をする。

犬とセラピー活動をする、という意味《いみ》がわかっていないからだ。

「セラピー」というのは、病気《びょうき》やけがが、心のきずをなおすことだ。

動物《どうぶつ》とのふれあいを通じて、人の心や体を健康《けんこう》にしてゆくセラピー療法《りょうほう》がある。

イルカや馬、犬などの動物とふれあうことで心をいやす、アニマルセラピーが知られている。

なかでも、ペットとしても身近《みぢか》で、親しみやすい犬は、セラピーにむいているので、セラピー犬が、たくさんの人たちの笑顔《えがお》や、元気をとりもどすお手伝《てつだ》いをしている。

体のぐあいがわるい人や、障《しょう》がいをもつ人が、犬にさわったり話しかけているうちに、動《うご》きにくかった手を動かして、犬をなでることができるようになったり、声をだして笑《わら》ったりするようになる。

セラピー犬は、人の気持《きも》ちによりそって、その人の心に、働《はたら》きかける力をもっている。

かいととバディのセラピー活動は、病院《びょういん》や高齢者施設《こうれいしゃしせつ》などを訪問して、犬がもっている人をいやす力を、引きだす手助《てだす》けをすることでもある。

つらそうな顔をしていた人が、犬とふれあううちに、明るい顔になっていくと、かいとは、とてもうれしくなる。

セラピー活動が、とてもたのしいボランティアであることを、友だちに、もっと知ってほしいと思っている。

どうすれば、セラピー活動《かつどう》ができるのか、どうしたらセラピー犬になれるかを、友だちにくわしく話してあげたい。

そのためにも、セラピーについて、しっかり学んでいこうと思っている。

バディのこと、みんなに知らせてあげたいな。

2 バディがやってきた

かいととバディは、どうしてセラピー活動《かつどう》をすることになったのだろうか。

かいとがバディと出会ったのは、保育園《ほいくえん》の年長さんのときだ。

バディはゴールデンレトリバーの男の子で、一歳《さい》になるぐらいの保護犬《ほごけん》だった。

保護犬というのは、人からすてられたり、街中《まちなか》でまよっていたりしていたのを、保健所《ほけんじょ》や保護センターに収容《しゅうよう》された犬のことだ。

保護犬を救《すく》いたいというボランティア団体《だんたい》が引きとって、せわをしたり、病気《びょうき》やけがをなおして、人とうまく暮《く》らしていけるようにしつけをして、新しい飼《か》い主《ぬし》をさがす。

バディも、かいとの祖母《そぼ》のエリさんがつれてきた犬だった。

エリさんは、かいとが生まれるずっと前から、ボランティアなかまと、犬の保護《ほご》をしている。飼《か》い主《ぬし》をなくした犬を助《たす》けだして、新しい飼い主のもとに送りだしたりする。

飼い主がなかなか見つからなくて、かいとの家で飼った犬もいる。

保護されたはじめのうちは、人を警戒《けいかい》して、なつかなくても、やさしくせわをされていくうちに、心をひらき、人を信《しん》じられるようになる。

かいとが物心《ものごころ》ついたころには、家には、エリさんがつれてきた犬がたくさんいたから、バディがくる前から、いきなり犬がくることになれていた。

「また保護犬をあずかることになったの」と、エリさんがでかけたときも、(どんな犬がくるのかな)と、たのしみにしていた。

バディは、生まれた子犬を売る「繁殖《はんしょく》」という仕事《しごと》をしている人のところで、生まれた犬だった。

元気な子犬はすぐに売れるけれど、生まれたとき小さくて成長《せいちょう》がおそいと、買い手がつきにくい。

そんな犬は、あまりえさもあたえられず、せわをしてもらえない。よわよわしく見えたバディも、そんな犬だった。

エリさんたちは、ボランティアなかまと連絡《れんらく》をとりあって、しばらく保護犬をあずかり、せわをして、飼い主をさがすことにしている。

まず、動物病院《どうぶつびょういん》で診察《しんさつ》してもらう。病気《びょうき》があれば治療《ちりょう》して、元気にしてから、家族《かぞく》としてむかえてくれる飼い主をさがす。

(こんどはどんな犬がくるのかな？　かわいいといいけど)

かいとは心配《しんぱい》でもあり、たのしみでもあった。

でも、やってきた犬は、ガリガリにやせていたので、

「これ、だいじょうぶなの？」

おもわず声をあげてしまった。

ボランティアのせわのおかげで、体はとてもきれいにしてもらっていたし、へんなにおいもしていなかった。

エリさんはこれまでにも、やせっぽちの保護犬《ほごけん》を育《そだ》てた経験《けいけん》がある。

「うちにおいて、できるだけのことをしてあげよう。かいくんも、せわを手伝《てつだ》ってね」

えりさんに力強くいわれて、かいとはうなずいた。でも心配《しんぱい》だった。

「この犬、ちゃんと動《うご》けるようになるの？　ひとりでごはんを食べられるかな」

助《たす》けだされたばかりのときは、不安《ふあん》そうにしていたり、よわっている子犬も、あたたかい手にだかれ、声をかけてはげまされたり、やすらげる場所《ばしょ》ですごすうち、元気になっていく。

エリさんは、ケージのすみでうずくまっている子犬を、なでながらいった。

「いまはこの家にも、人にもなれていないから、不安なの。安心《あんしん》できるよう

▲不安そうで消えそうだった
やせっぽちバディ。

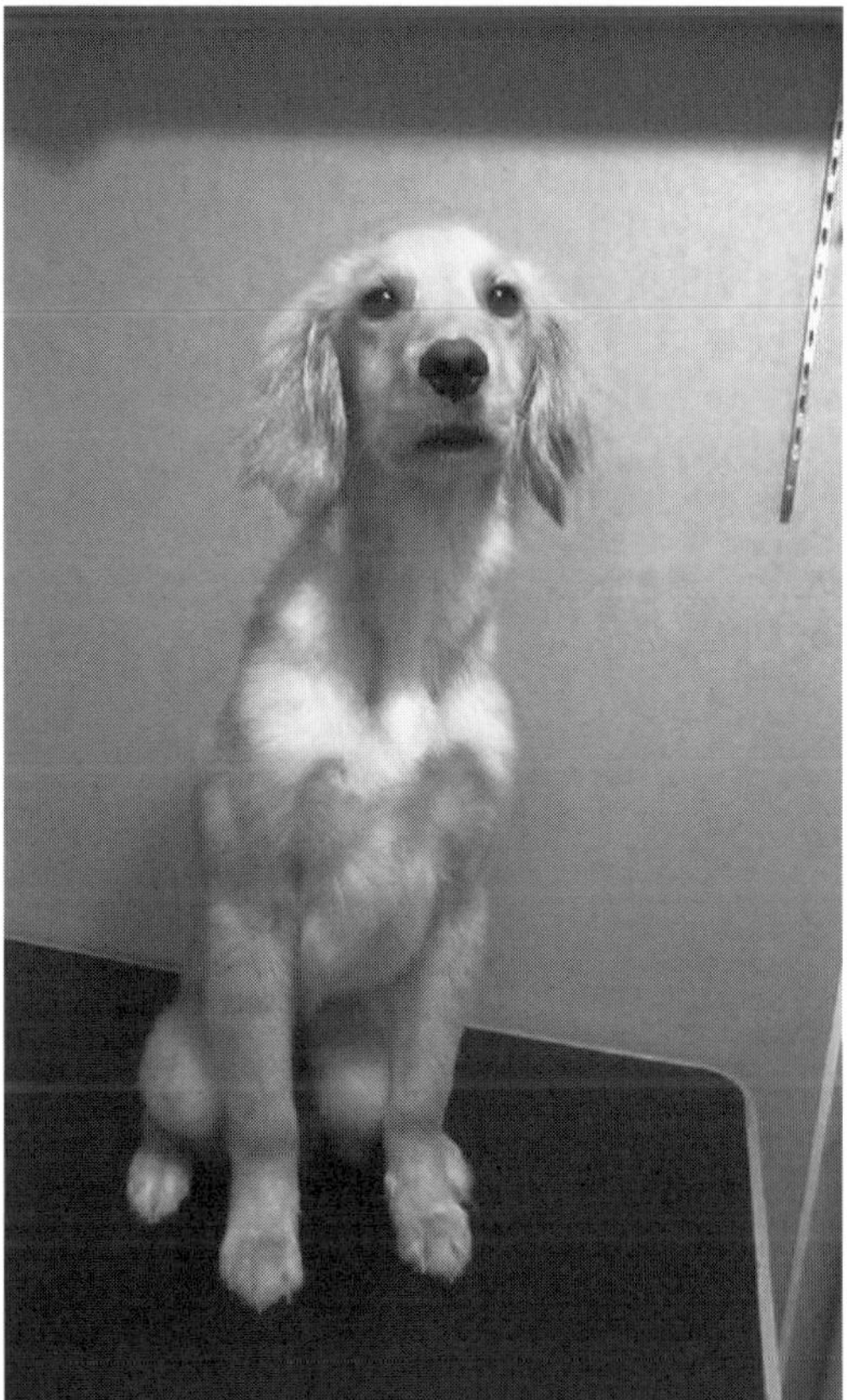

▶セラピー活動ができるように
なるなんて……。

になれば、元気になっていくのよ。やさしくしてあげようね。なかよくなれるといいね」

犬の背中《せなか》は、長い毛の下から、ゴツゴツと骨《ほね》がうきあがっていた。

かいとはすぐには手がだせなかった。

「はじめに名前をつけてあげようよ」

かいとの提案《ていあん》で、なかよく暮《く》らせるように、というねがいをこめて、「バディ」とつけた。「相棒《あいぼう》」という意味《いみ》だ。

「バディはまだ何も知らないから、かいとが教えてあげてね。ごはんは、名前をよんで、声をかけながらあげてみて」と、エリさん。

かいとは、水でふやかして、やわらかくした子犬用のドッグフードを、ひと粒《つぶ》あげてみた。

なかなか口をつけない。それでも、「おいしいから食べてごらん」と、目の前にさしだすと、えんりょがちに食べた。

かいとはうれしくなって、

「いい子、いい子、バディ、えらいよ」と声をかけながら、ひと粒ずつあたえた。

バディは、ゆっくりゆっくり食べた。

「つぎはうつわから、食べさせてみて」

かいとは、エリさんにいわれるとおりにしてみた。

ところが、おなかはすいているだろうに、食器《しょっき》からだと食べようとしない。

バディは、うつわに入ったごはんを、食べたことがなかったのだ。

たくさんの子犬に、ひとつずつの食器はなく、ゆかに、ばらまかれたえさをあたえられていた。

元気な子はどんどん食べて大きくなれる。けれども、バディのように体力のない子は、なかなか食べられないので、やせっぽちのままだ。

バディは自分だけのうつわとわかるまでに、少し時間がかかった。

かいとが、

「バディ、食べていいんだよ」と、声をかけながら、くり返《かえ》して教えると、そのうつわのえさは、自分のものとわかったようだ。あっというまに、たいらげるようになった。

からっぽになるまで、うつわに顔をつっこんで食べるので、頭がすっぽりとおさまってしまう。

かいとはそれを見て、うれしいのとおかしいので、笑《わら》ってしまった。

バディはまるで、これまでのひもじさをとりもどすかのように、食べた。いそいで食べては、のどにつかえるので、少しずつ、間をあけて、あたえるようにした。

食べおわると、かいとの顔を見つめた。

「バディ、ごちそうさまっていってるんだね。いい子だね」

しだいに、背中《せなか》の骨《ほね》が目立たなくなった。

▲かいくんのほっぺ、大すき！

▲「ごちそうさま。おなかいっぱいだよ」

「おすわり」や「まて」もすぐにおぼえた。

「いいぞバディ！」とほめると、もっとできるよ、という得意《とくい》げな顔をする。

もっと遊《あそ》びたいよという顔で、かいとを見つめる。

ソファにいるかいとの前で、ジッと見あげるときは、ごはんがほしいときだ。

「まだごはんの時間じゃないよ。もっとおなかをすかせてからのほうが、いいんだよ」と、かいとはバディに話しかけてやる。

ボールやぬいぐるみ遊びも、バディは大すきだ。

投《な》げたボールをとりに行くときは、足の先にグッと力をいれる。よたよた歩きだった足が、しゃきっとして走れるようになっていた。

いきおいをつけて走るので、壁《かべ》に頭をぶつけたりする。そんなことはおかまいなく、息《いき》をはずませて、

「つぎは何をするの？」

バディはキラキラした目で、かいとの手の動《うご》きを見ては走る。

思いきり走ったあとは、ドタッとたおれるようにしてねむる。そんなときはいつも、体のどこかを、かいとにくっつけていた。

（バディにたよられている！）

かいとはうれしかった。

かいとが保育園《ほいくえん》から帰ってくる時間がわかるのか、玄関《げんかん》のマットでおすわりをして、まっている。

「お帰りなさいをしてくれているんだね。きょうは何をして遊ぼうか」

二か月、三か月とたつうち、もうずっと前から、この家にいた子のような顔になっていた。犬らしいおすわりのすがたが、かわいい。

犬は生後一年目くらいまでに、おとなの大きさになるが、バディは子犬のときの栄養不足《えいようぶそく》からか、成長《せいちょう》がおくれていた。

「バディは体が小さくても元気だからいいね。ずっといっしょにいようね」

そんなことを語《かた》りかけているときも、バディは、かいとの気持《きも》ちをわかろうとしているように、かいとの目を見つめ、耳をかたむけていた。

かいとの家には、バディがくる前から、セラピー犬として活動《かつどう》している、ソックスがいる。めすのゴールデンレトリバーだ。

ソックスは、かいとのことも赤ちゃんのころから知っている。

バディがきてからは、ソックスはバディのそばで、弟のせわをするおねえさんみたいに、「ここは安心《あんしん》できるところよ」と、話しかけているようだった。

おぎょうぎのわるいごはんの食べ方をしているバディに、鼻の先でツンツンして、だめだめと注意《ちゅうい》していることもある。

ソックスとバディが、ないしょ話をしているように、顔をくっつけあっていたりすると、かいとはつい、間にわりこんでしまう。

すると、ソックスはかいとを、あきれたように見ていた。

かいとが遊《あそ》びつかれて寝《ね》てしまうと、バディも体のどこかを、かいとの手

ソックスはたよりがいのあるおねえさんだ。
いつもバディを見守っている。

か足につけて、寝《ね》てしまう。
かいととバディの安眠《あんみん》スタイルだ。
そんなときのソックスは、やっぱりおねえさんの顔になって見守《みまも》っている。

かいくんがいっしょだと、安心してねむれるよ。

3 セラピーって何？

エリさんは、バディのやすらかな寝顔《ねがお》を見ていると、二十年以上《いじょう》も前の、訪問活動《ほうもんかつどう》をはじめたばかりのことを思いだす。

そのころは、施設《しせつ》や病院《びょういん》へ、犬をつれて訪問する活動そのものが、手さぐり状態《じょうたい》だった。

施設も病院も、人への病気《びょうき》の感染《かんせん》や、ケガを心配《しんぱい》して、生きものとの交流《こうりゅう》は遠ざけていた。しかも、セラピーということばも、セラピー犬についても、まだ、あまり知られていなかった。

健康《けんこう》で、しつけができていて、おだやかな性格《せいかく》の犬と告《つ》げても、犬とのふれあいに問題《もんだい》はないことがわかるまで、かなりの時間がかかった。

セラピー犬に対《たい》しても、「犬をつれてきて何をするの?」とか「犬に人をいやすことができるの?」と、うたがいの目で見る人もいた。

海外では、馬やイルカのセラピーを研究《けんきゅう》している医者《いしゃ》もいたが、日本国内《こくない》では、まだ、アニマルセラピーということばそのものが、広く知られていなかった。

人をすきな犬は、人がよろこんでいるのがわかると、うれしい。

セラピー犬は、そうした資質《ししつ》の犬にふさわしい役割《やくわり》といえる。

犬が、人の指示《しじ》にしたがうのは、うれしい気持《きも》ちになるからだ。たのしそうに動《うご》いている犬を見ると、人も心がなごみ、犬も人も、しあわせな気持ちになれる。

エリさんは、これまでのたくさんの犬とのつきあいから、どれほど人が、犬になぐさめられているかを、たくさん見てきた。

これまでいっしょにセラピー訪問《ほうもん》をしてきた犬たちを見て、それをよくわかっていた。

でも、アニマルセラピーの効果《こうか》を、ひとくくりで説明《せつめい》するのはむずかしい。ふれあう人それぞれにとって、うれしい変化《へんか》があるのがセラピーだからだ。

最近《さいきん》になって、国内外の研究者たちの実験《じっけん》で、脳細胞《のうさいぼう》のしくみから、犬が人と通じあえる感情《かんじょう》をもっていることが、あきらかにされてきた。

セラピー犬として活躍《かつやく》しているソックスは、犬に訓練《くんれん》をしてタレント犬を育《そだ》てている、ドッグトレーナーのところからやってきた。

ソックスは、犬が主人公《しゅじんこう》の映画《えいが》の、子犬役《やく》のオーディションに参加《さんか》したが、おとな役の犬と、毛色がちがっていたので、選《えら》ばれなかった。

トレーナーは、これまでにも、何頭ものゴールデンレトリバーを育てた経験《けいけん》のあるエリさんに、すなおで明るい性格《せいかく》のソックスを、育ててみないかと、ゆずってくれた。

トレーナーのいうとおり、ソックスはすぐにエリさんになつき、その素質《そしつ》を発揮《はっき》して、エリさんとのペアで、高齢者施設《こうれいしゃしせつ》や病院《びょういん》などを訪問《ほうもん》する、セラピー犬になった。

セラピー活動《かつどう》は、ソックスにとっては、あたりまえのことになっている。

セラピーにでかける日はうきうきしている。

かいとはそんなソックスを見ていて、いつかバディと、訪問活動ができればいいなと思うようになった。

というのも、一歳《さい》になったバディも、セラピー犬として、エリさんといっしょに訪問活動をしていたからだ。

セラピー訪問に行く日、いつにもまして、はつらつとしているバディを見ると、かいとは相棒《あいぼう》にとりのこされたみたいで、さびしかった。

「あーあ、るすばんはつまらない」

エリさんはそんなかいとに、

「セラピーの日、お手伝《てつだ》いさんがいれば助《たす》かるの。いっしょに行く?」と声

セラピーの日だよ！　いざ、みんながまっているリハビリ室へ。

をかけた。かいとは、

「もちろん。いっしょに行けるの？」と、大はりきりだった。

そんなやりとりがあってまもなく、小学校に入学したかいとは、エリさんとバディのお手伝《てつだ》いとして、セラピー訪問《ほうもん》に参加《さんか》することになった。

訪問先は、セラピーボランティアのなかまが、月に一回、日曜日に訪問している老人保健施設《ろうじんほけんしせつ》だ。

バディは、いっしょに車にのるかいとを見て、パタパタとしっぽをふった。

「ぼくがいっしょに行くと、うれしいの？」

バディは、さらにしっぽをふった。

施設の集合場所《しゅうごうばしょ》のフロアにつくと、セラピー犬と、それぞれの飼《か》い主《ぬし》のペアが、何組も集《あつ》まっていた。

かいとはすみのほうで、じゃまにならないように、犬たちを見ていた。

「入学おめでとう！　ぼく、とってもうれしいよ」

どの犬も、おぎょうぎよく、飼《か》い主《ぬし》の足もとでふせている。そんな犬たちを見ているうちに、かいとは、気がついた。

セラピー活動《かつどう》になれている犬ばかりだけれど、いろいろな人が出入りしている場所《ばしょ》では、きんちょうしているのがわかる。たえず耳を動《うご》かしている。

(のどがかわいていないかな)

バディ用にもってきているペットボトルから、水を少しだけあげてみた。

あとでたくさん飲《の》めるのをわかっているのか、バディは飲まなかった。

家でおもちゃで遊《あそ》んだり、ソファで、くつろいでいるときとはちがう、りりしい顔をしていた。

かいとは、エリさんとホールに入っていくバディを見送《みおく》ると、ホッとひと息《いき》ついた。そして、お年よりやつきそいのスタッフたちの間から、犬たちのようすや、エリさんの動きを見ていた。

セラピー犬が、ホールの中をまわりはじめると、お年よりの声がにぎやか

▲「さあ、はじまるよ。準備はいい？」「はい、ＯＫです」
▼「つぎはボクたちの番だね」

になった。セラピーペアが順《じゅん》に、ひとりひとりお年よりに声をかけたり、名前をよんだりしながら、犬にさわったり、なでたりしてもらう。

セラピーの予定《よてい》の一時間ほどは、またたくまにすぎた。

はじめてお手伝《てつだ》いで参加《さんか》してみて、かいとの心はほっこりしていた。直接《ちょくせつ》、お年よりと、やりとりができたわけではないけれど、あたたかくて、なごやかな時間をすごせた。

ほかのセラピー犬たちのようすを見ることもできた。

バディだけでなく、犬たちが気持《きも》ちよく活動《かつどう》するには、どうすればいいのか、犬たちがどうしてほしいのかを、考える時間にもなった。

家に帰ってからかいとは、バディにきいてみた。

「ねえねえ、きょうは、ぼくがいっしょに行ってどうだった？」

バディは、セラピーをおえて帰ってくると、おもいっきり足をのばして、くつろいでいる。でも、「たのしかったよ」というように、しっぽをふった。

バディはエリさんに、

「きょうは、かいくんといっしょで、たのしかったでしょう。いつもよりたくさんの人がバディにさわって、うれしそうだったね」と、声をかけてもらうと、すぐにねむってしまった。

きっと気持ちのよいつかれなのだろう。

（たのしかったよ！）と、寝顔《ねがお》が語《かた》っている。

かいとは、バディの大すきなぬいぐるみを、足もとにおいてやった。

かいとはエリさんにおねがいしてみた。

「ぼくも、お手伝いだけでなくて、バディとペアで、セラピーボランティアになりたい」

そのときエリさんは、うなずいていただけだったけれど、あることを心にきめていた。

4 相棒《あいぼう》になれるかな

かいとが小学生になって、はじめての夏休みが近づいた。

かいとはエリさんに、おねがいしてみた。

「夏休みに、バディとペアで、セラピーに参加《さんか》したい。これまでのように、お手伝《てつだ》いも、ちゃんとやるから」

エリさんはかいとをじっと見て、

「そろそろ、考えてもいいころだと思っていたの」といってくれた。

「前に訪問《ほうもん》した病院《びょういん》で、お手伝いしているかいくんを見て、感心《かんしん》している人がいたでしょう。子どもさんも参加しているんですねって、おどろいている人もいたね」

「うん、バディにつきそっていただけなのに、きみも犬も、がんばっていてえらいねって。うれしかったよ」

「施設《しせつ》の担当《たんとう》の人や、ボランティアなかまに話してみよう。小学生のかいくんが、セラピー活動《かつどう》のなかまになってもいいかってね」

かいとのお手伝いぶりを見ていたので、みんなよろこんで応援《おうえん》してくれることになった。

毎月一回、第三日曜日にエリさんたちが行っている、老人保健施設《ろうじんほけんしせつ》への訪問がきまった。

セラピー訪問するには、前日に、みだしなみを、ととのえておくことからはじまる。

バディの全身《ぜんしん》を、チェックしていく。頭、顔、耳、首、足にきずがないか、体の調子《ちょうし》に異常《いじょう》がないか、ていねいに調《しら》べていく。ふだんははしゃいでいるバディも、かいとのしんけんな顔にキリリとする。

セラピーのためのボディチェックと、わかっているからだ。

つぎはツメ切りやシャンプーをする。体の大きなバディのシャンプーは、時間がかかる。かいともびしょぬれになる。

ふさふさの長い毛を乾《かわ》かすのは、もっとたいへんだ。

かいとのドライヤーかけは、エリさんのように手ぎわがよくない。それでもバディは、じっとがまんしているが、あまり時間をかけては、バティがつかれてしまう。

「清潔《せいけつ》でなければ訪問《ほうもん》の資格《しかく》なし！　この仕事《しごと》は、なれていくしかないのよ」

エリさんは、かいとに気合《きあい》をいれる。

「ドライヤーに時間がかかってごめん。これからはぼくとペアだから、明日のセラピーがんばろうね」

バディは体をきれいにしてもらうと、明日はおでかけとわかるから、かい

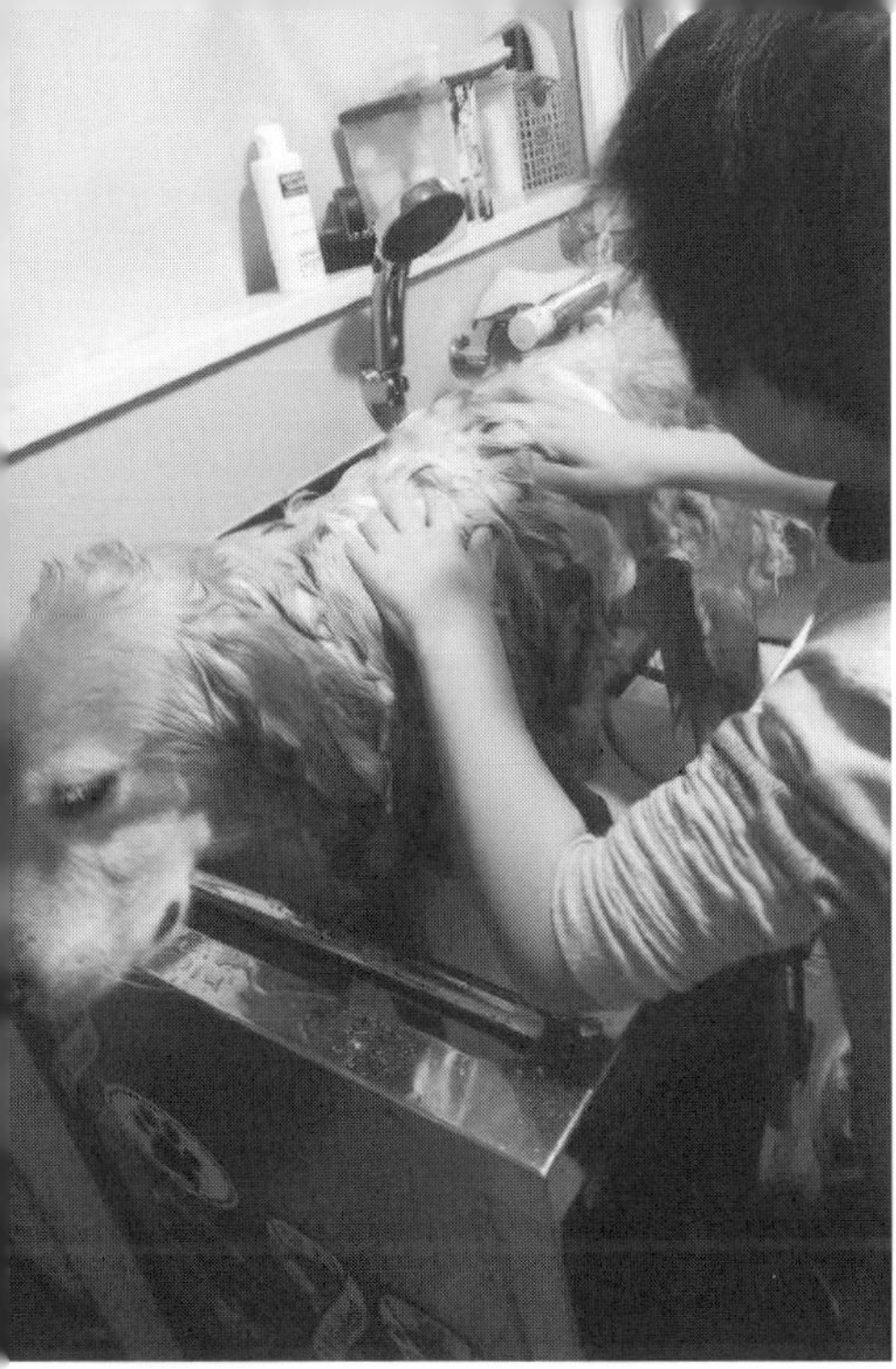

◀さぁ、シャンプーだよ。
クシュクシュあわを立てて。

▼きれいに洗い流して。

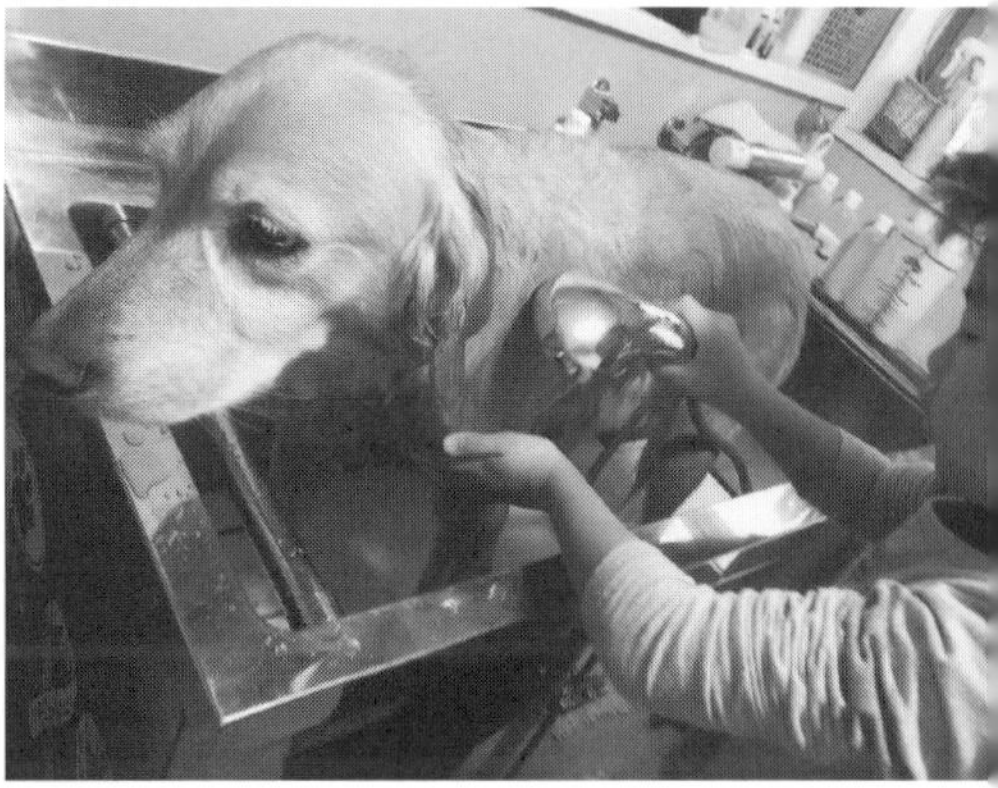

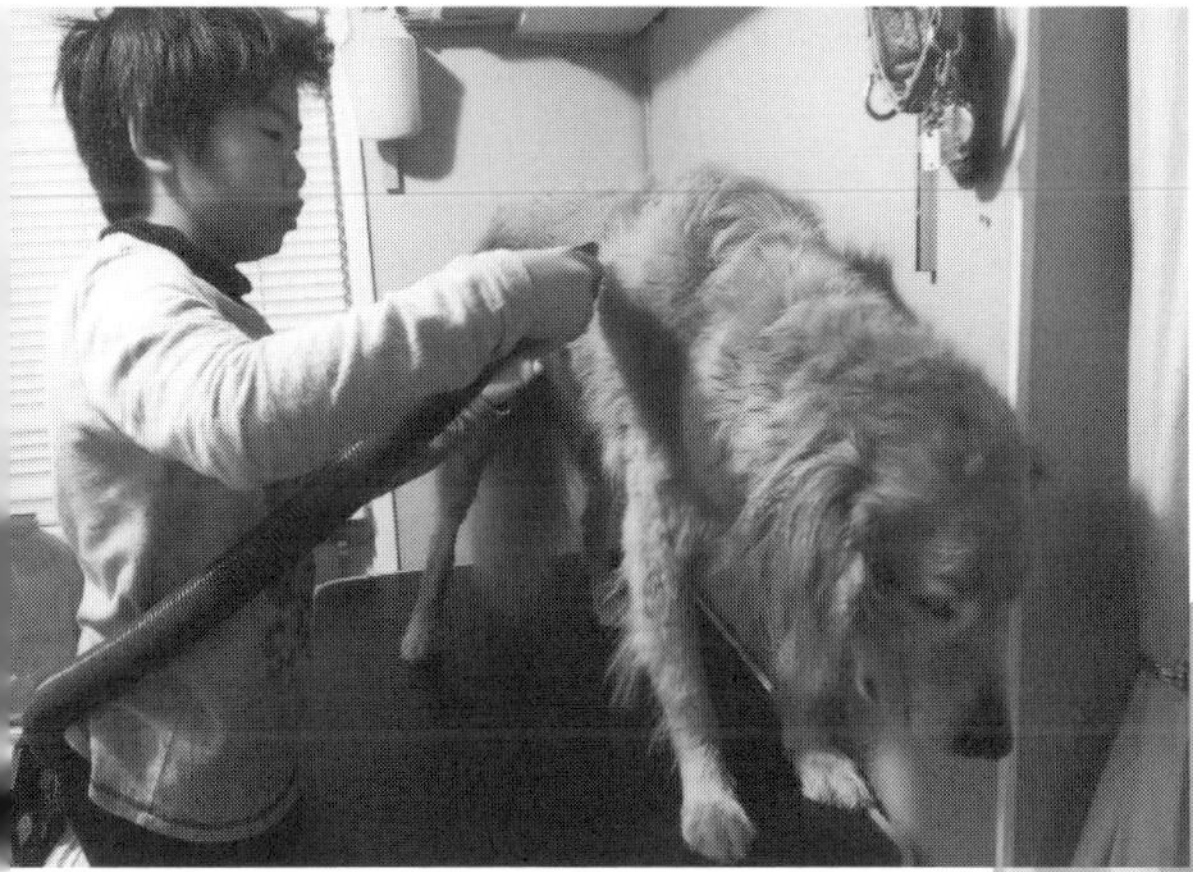

◀ドライヤーの音も
こわくなくなったよ！

▶よくふこうね。ほら、つま先まで
きれいになったよ！

との手ぎわのわるさも、がまんしているみたいだ。

バディは、かいとが、セラピーの道具《どうぐ》の準備《じゅんび》をしようとしゃがむと、背中《せなか》にとびついてくる。

「おっとっと、おどろかせないでよ」

立ちあがるとバディの頭は、かいとの肩《かた》の高さと同じくらいになっていた。ほかのゴールデンレトリバーにくらべると、まだ小さいけれど、体そのものはしっかりしている。

後ろ足で立っているバディをギュッとだきしめると、心臓《しんぞう》の音がきこえた。かいとの心臓の音も、バディにきこえているかもしれない。おたがいのうれしい気持《きも》ちも、通じているにちがいない。

「あしたのセラピー、たのしみだよ。バディはどう？」

かいとの声に、バディは、しばらくジャンプをつづけている。

バディのジャンプ力はすごい。ほめてやりたいけれど、いっそうはしゃぎそうなので、かいとはがまんした。

はずんだ呼吸《こきゅう》がおさまると、バディはまたジャンプをはじめた。

「わかったから、もうやめて、ふせ！」

かいとの強い声に、バディはしかたなさそうに、ふせをした。はずむ息《いき》がしずまっていく。

それを見ていたエリさんは、

「バディは、いつも、かいくんの目を見ながら耳を立てている。アイコンタクトができているね。名前のとおり、いい相棒《あいぼう》になれると思う。バディもかいくんも、たのしそうなのがいいね。それがセラピーには、とっても大切なことだから」

そういわれると、かいとはてれくさい。けれど、ほこらしい気がする。

「ぼくとバディは、息がぴったりの相棒だぞ！」

5 セラピーペアのデビュー

いよいよきょうは、かいととバディがペアで、活動《かつどう》デビューをする。

エリさんのお手伝《てつだ》いではなく、バディと組んでセラピー活動をする。

かいとはねむい目をこすりながらも、早目におきた。

ソックスとバディのさんぽをすませると、いつものようにエリさんの車で行く。車の後部には、ケージがふたつ、とりつけてある。犬の専用席《せんようせき》だ。

訪問施設《ほうもんしせつ》に着《つ》くと、ほかのボランティアペアも集《あつ》まっていた。

にこやかにあいさつをかわす。

「かいくんのユニフォームすがた、いいわね。にあっているわよ」

▲「さあ、いくわよ。調子はどう？」セラピーのユニホームを着せてもらって、きりりとしたバディ。

▼セラピー開始前、犬に話しかけたり、ボランティアなかまと打合せをしたり。

さっそく、ひとりのボランティアから声がかかった。

「ありがとうございます」

かいとは笑顔《えがお》で頭をさげた。

かいとが、えりさんと、施設《しせつ》の担当者《たんとうしゃ》にあいさつに行くと、

「みなさん、子どもボランティアさんをまっています。よろしくね」と、にこやかにむかえてくれた。

これまでにも、お手伝《てつだ》いで訪問《ほうもん》して見なれている人なのに、あらためてあいさつされて、かいとはドキドキしてきた。

かいとのまわりに集《あつ》まってきたのは、施設のスタッフや、つきそいの人たちだ。

かいとはいつのまにか、おとなばかりの目にかこまれていた。

この日はかいとたちをいれて、八組のボランティアペアが参加《さんか》していた。

エリさんがなかまのボランティアたちに、

「きょうは、これまでお手伝いをしていたまごのかいとが、バディとペアで参加します。まだなれていないので、お気づきになったことは、えんりょなく声をかけてください」と、かいとの紹介《しょうかい》をした。

かいとは深呼吸《しんこきゅう》をひとつすると、ペコリと頭をさげた。

「よろしくおねがいします」

すると、すぐに声がかかった。

「ようこそ、小さなボランティアさん。ユニホームがよくにあうね」

エリさんたちとおそろいの、ボランティア用の水色のT《ティー》シャツだ。子ども用のユニホームがないので、おとな用のすそを短《みじか》くして、そでをまくって着《き》ている。

腰《こし》には、オレンジ色のポシェット。セラピーデビューにあわせて、エリさんが用意《ようい》してくれた。バディのおやつや、ティッシュが入っている。

ぶかぶかでも、おとなと同じユニホームを着ていると、一人前《いちにんまえ》になれたようで胸《むね》をはりたくなる。

バディも、ボランティアとおそろいの水色の服《ふく》を着《き》て、ピンク色のバンダナを首にまいている。

バディは、すました顔で、まっすぐ前をむいていた。ときどき、しっぽをパタパタしているのは、「かわいいっ」などといわれるのが、うれしいからだ。

犬たちは、バンダナのほかに、季節《きせつ》にあわせた衣装《いしょう》を着ることがある。

クリスマスには、サンタクロースの赤い服やぼうしをつけたり、トナカイのかぶりものつけたりと、ボランティアがそれぞれ、工夫《くふう》をこらしている。

セラピーの訪問先《ほうもんさき》の人たちはみな、犬たちの衣装をたのしみにしている。

かいとがポシェットの中をたしかめていると、バディがそばでチラチラ見ていた。おやつのビーフジャーキーが、気になっている。でも、鼻《はな》を小さくクンクンするだけで、おぎょうぎがいい。

セラピーのあとで、「おつかれさん」のごほうびのあるのをわかっている。

会場のホールに、お年よりが集《あつ》まってきた。つきそいの人に手を引かれてくる人、車いすでくる人たちで三十人ほどだ。

ホールはざわざわしはじめた。みんな、時計を見ながら、セラピーのはじまるのをまっている。

ホールのざわざわした中でも、犬たちはそれぞれの飼《か》い主《ぬし》の足もとですわったり、ふせをして、指示《しじ》をまっている。

かいとは、汗《あせ》ばんだ手で、バディのリードをしっかりとにぎっていた。

バディといっしょに、ほかのボランティアさんと順番《じゅんばん》に、ホールをまわっていくことになっている。

名前をよばれるのをまっていたかいとの前に、ひとりのおじいさんが近づいてきた。そして、とつぜん大きな声で、

「オーッ、よくきたな。会いたかったぞ」と、両手《りょうて》をさしだして、バディにだきついてきた。

かいとはびっくりした。

でも、バディは、そんなふうにされても、おどろいたそぶりも見せずに、おすわりのまま、しせいをくずさなかった。おちついている。

まもなく、かいととバディの番がきた。ホールの入口に近いところにいるお年よりから順《じゅん》に、ゆっくりまわっていく。話しかけてくる人にこたえたりしながら、バディに自由《じゆう》にさわってもらったりする。

バディを、じっと見つめている車いすの女の人がいた。

「犬にさわってみませんか？」

かいとのそばにきていたエリさんが、バディに手をそえて、その人に声をかけた。女の人は、大きく首をふった。

「ここにいる犬は、どの子にさわってもだいじょうぶですよ。みんなおぎょうぎがいいんですよ」

そして、エリさんはかいとの肩《かた》をおした。

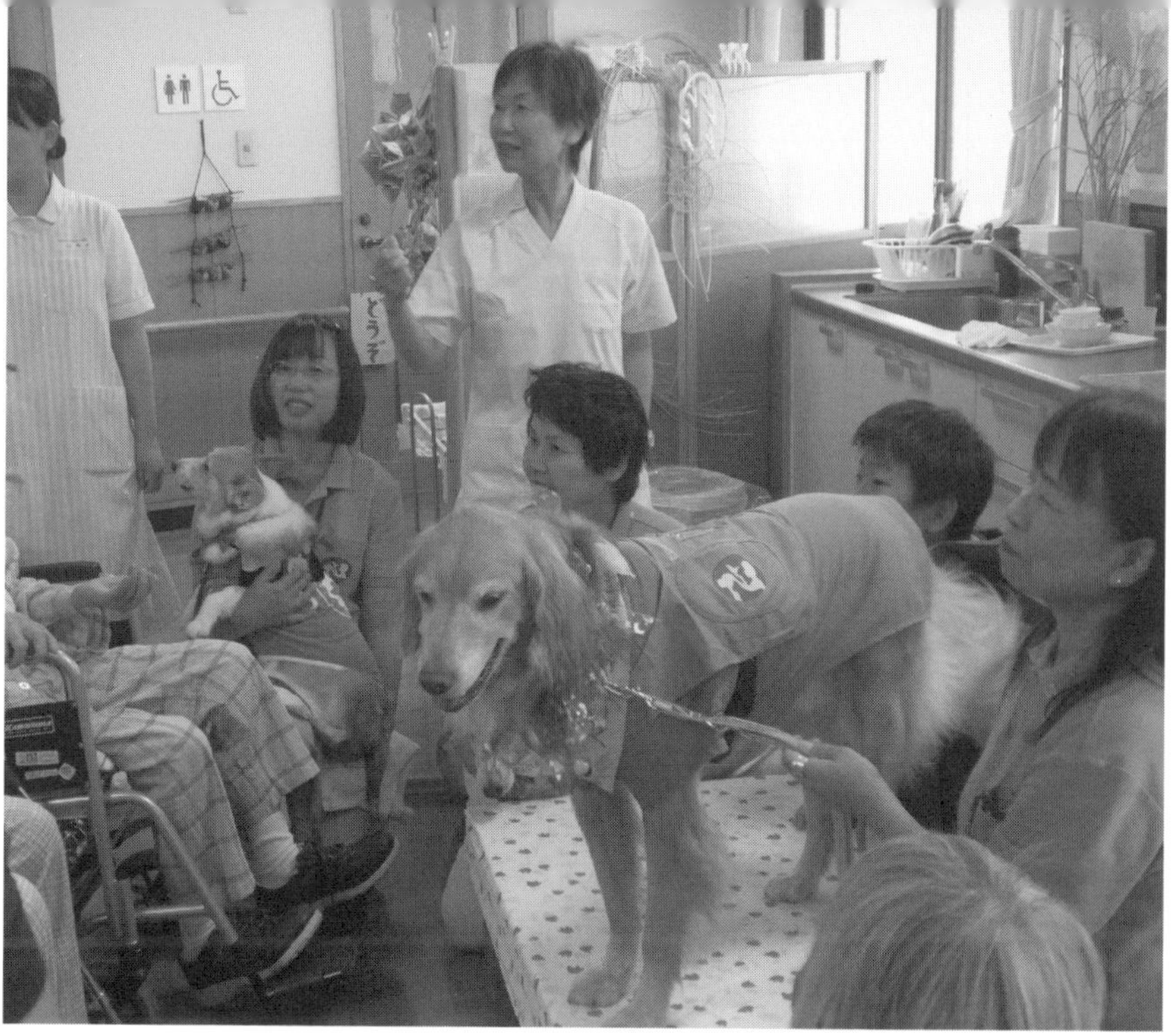

▲バディをかこんで笑い声が。注目されて、ちょっぴりてれくさそうなバディ。

▼「ボク、犬がすき？　かわいいの？」お年よりにきかれて、かいとはにっこりと「はいっ」

かいとは、その女の人の前でバディとならんですわった。ソックスもそばにきていた。その人は二頭を見くらべていたが、

「この子たちは親子なの？　それともきょうだい？」と、ソックスの頭に手をふれた。

「親子でもきょうだいでもありません。でもとてもなかよしです」

「そうなの。あったかくて、やわらかいこと。なんておとなしいんでしょう」

そこに施設《しせつ》のスタッフがやってきて、女の人に声をかけた。

「犬を飼《か》っていたんですよね」

「そう。うちのは小型犬《こがたけん》でした。いままで大きな犬はこわくてさわれなかったんです」と、小声でぼそっといった。

「じゃあ、さわれてよかったですね」

「この子たちがやさしいので安心《あんしん》しました。おとなしくしているように訓練《くんれん》されているんですか」

「この子たちは人が大すきなので、人にやさしくされて、さわってもらうのが大すきなんです。自分の、そうしたいという気持《きも》ちから、動《うご》いています」

エリさんがこたえると、

「そうなの。この子たちを大切にしてあげて」

明るい声が返《かえ》ってきた。

ゆっくりと歩いていたバディが、車いすのおばあさんの足もとでとまった。

（どうかしたのかな？）

かいとも、バディにあわせて立ちどまる。

するとバディは、おばあさんの前でふせをした。そして、車いすのペダルの上の足もとに、そっと、あごをのせると、寝《ね》そべってしまった。いままでにないしぐさだ。

（どうしよう。バディを立たせたほうがいいのかな）

かいとは、エリさんのすがたをさがしながら考えていた。と、

「わたしの足に頭をのせてくれてありがとう」

おばあさんがうつむいて、バディに話しかけた。

(ああよかった。よろこんでもらえてる)

かいとは、胸《むね》をなでおろした。でも、ふしぎだった。バディはなぜ、おばあさんの足にあごをのせたのだろう。だれもバディに教えたわけではない。

(バディには、おばあさんの気持《きも》ちがわかったみたいだ)

そのようすを見ていた施設《しせつ》のスタッフが、かいとに話しかけてきた。

「じぶんのすきな犬をおぼえていて、早目にホールにきて、まっている人もいるよ。バディを気に入って、たのしみになる人もいると思うよ」

犬のことを知らなくても、さわったことがない人でも、ちょっとしたきっかけから、犬にさわれるようになる。すると、セラピーの日がまちどおしくなって、元気になったりするという。

スタッフは、まだ、セラピー活動《かつどう》になれていないかいとに、セラピーでの

▲おやつ、いただきます。パクッ。「おやつ、だーいすき！」
▼足もとにふせて目をとじるバディ。

お年よりのようすを話してくれた。

「つぎのセラピーにもバディときてよね」

「はいっ、またきます」

施設《しせつ》のスタッフが、セラピーの場で、かいとに話しかけてくれたのは、はじめてだった。

(まだセラピーのことを、よくわかっていないのに、ぼくを、ボランティアと見てくれているのかな)

かいとはうれしかった。


初《はつ》のバディとのセラピーをおえて、家に帰ると、かいとは、首や肩《かた》が、こわばっているのに気がついた。

いろいろな人にかこまれたうえに、おおぜいの人が話しかけてくるので、ききのがすまいと、きんちょうしていたからだ。

つかれたのはたしかだけれど、心があたたかいものにつつまれている感《かん》じがしていた。

（バディとソックスは、どう思っているのかな。つかれていないかな）

なかよく寝《ね》ころんでいる二頭を見ると、ウトウトしている。かいとがバディの顔をなでたり、しっぽを引っぱったりしても、目をとじていた。

（家でくつろいで、つかれがとれるのは、犬も人も同じだね）

「かいくんも早く休んだら」

いつもとかわりない声のエリさんだった。つかれたようすはない。

「きょうのかいくんとバディは、とてもよかったと思う。バディはかいくんの声に集中《しゅうちゅう》して、しっかり目を見ていた。アイコンタクトがとれていたね。人と犬が信頼《しんらい》しあっているようすは、まわりの人の気持《きも》ちをやわらげてくれる。おたがいに心地《ここち》よくなれるのを、セラピー効果《こうか》っていうのよ」

かいとは、つかれがとんでいく気がした。

「まだよくわからないこともあるけど、バディを見て、笑顔《えがお》になる人がいたのが、うれしかった」

エリさんは、うなずいて、アドバイスしてくれた。

「バディにやってほしいことは、『立って』とか『すわって』とか、短《みじか》くはっきりと、でも小さな声でいってあげて。そうすればバディは、かいくんに集《しゅう》中《ちゅう》して、ききのがさないから」

エリさんは人にも犬にも、頭ごなしにしかることはしない。できたことをほめて、たのしい気持《きも》ちにして、つぎのステップへすすめていく。

「この人のいうことは、わかりやすくて、やさしく接《せっ》してくれる。と、みとめた人のいうことを、犬はよろこんできくのだ」といった。

バディのことをもっとよく見て、セラピー活動《かつどう》をつづけよう。

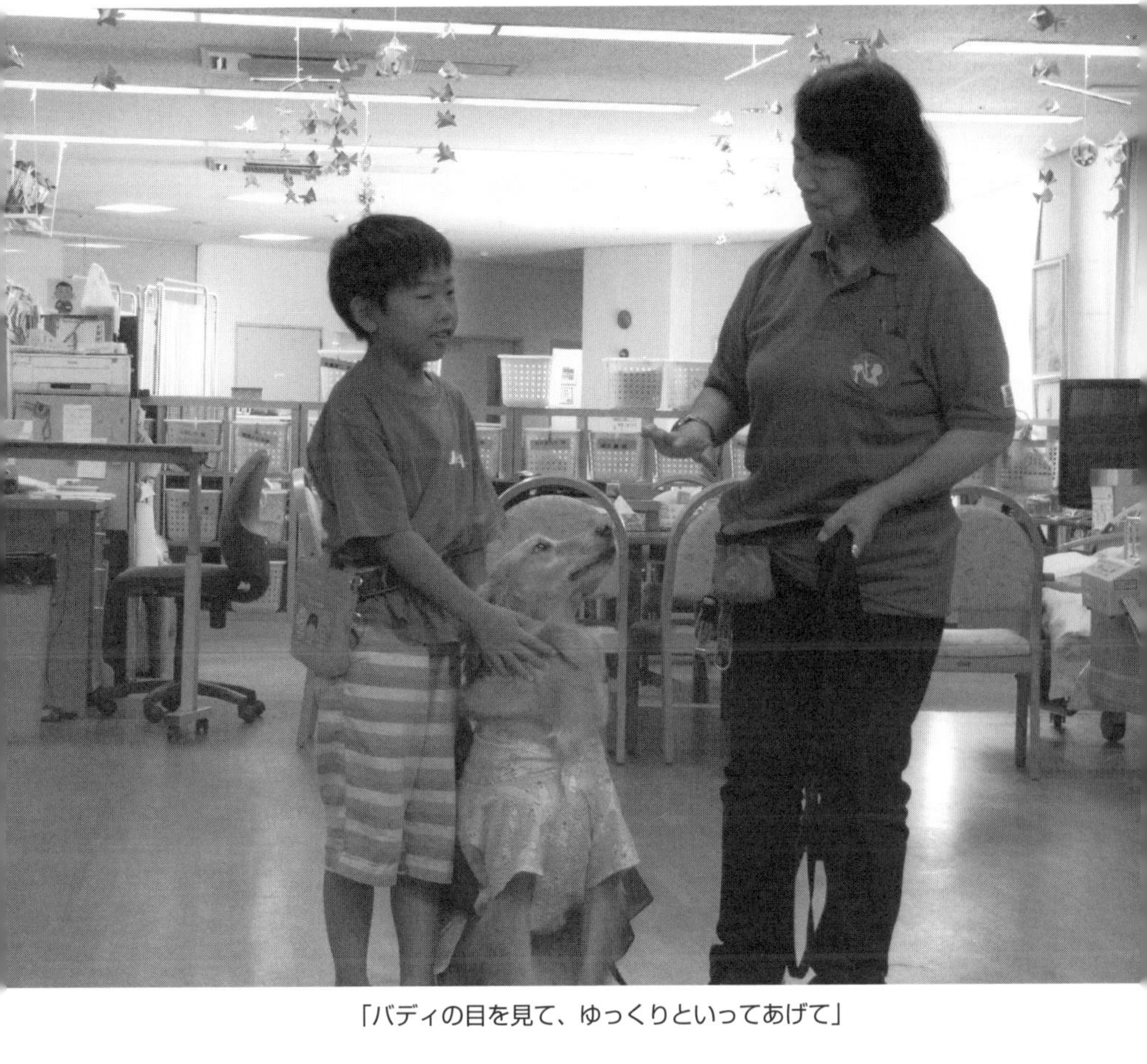

「バディの目を見て、ゆっくりといってあげて」

6 大きな犬の小さなおとうさん

二年生になったかいとは、たくましくなってきた。

スイミングや空手《からて》で体をきたえているので、肩《かた》や腕《うで》に、筋肉《きんにく》がついてきたのだ。

ちょっと前までは、寝《ね》そべっているバディの体の上にのると、バディは平《へい》気《き》ですするりとぬけて、にげだした。

いまでは、おおいかぶさろうとすると、バディはその前にうまく体をかわす。

かいとの力の強さを実感《じっかん》しているからだ。かいとがすかさず、

「まて！　にげるのはずるいぞ」とおいかける。

かいとがソファにたおれこんで、じっとしていても、バディは、かいとの

顔をのぞきにこない。少し前までのバディは、心配《しんぱい》そうに顔をのぞきこんできたのに、知らない顔をしたままでいる。

そんなバディを、かいとはそっとかかえこんで、頭を胸《むな》もとに引きよせる。

すると、バディはてれくさそうに、かいとの顔をペロペロ。

バディとかいとは、家でも息《いき》のあった相棒《あいぼう》なのだ。

でもかいとは、いつでもバディのしっぽの動《うご》きに注目《ちゅうもく》している。バディはしっぽの上げ下げで、気持《きも》ちをあらわしている。

遊《あそ》んでいるときも、（もうやめて！　いやだよ！）の、バディのサインを見のがさない。

かいとがセラピー活動《かつどう》に参加《さんか》するようになって、三年目をむかえた。

月に一回の、日曜日の老人保健施設《ろうじんほけんしせつ》への訪問《ほうもん》をつづけている。エリさんたちボランティアは、べつの福祉施設《ふくししせつ》も訪問しているが、ほとんど平日《へいじつ》に行われるので、かいとはめったに参加《さんか》できないでいた。

今日は日曜日。老人保健施設《ろうじんほけんしせつ》のセラピー訪問《ほうもん》の日だ。

参加予定《よてい》のボランティアペアは、かいとたちをふくめて十組。

いつものように、ボランティアたちは、にこやかにあいさつをかわして、セラピー開始《かいし》の時間をまつ。

犬たちはそれぞれ、衣装《いしょう》をつけている。ボランティアの手作りだ。

頭に大きなリボンをつけている犬もいる。ちょっとしたファッションショーのようだ。犬も、衣装やかざりを気に入っていて、足どりがかるい。

バディとソックスは、夏らしく浴衣《ゆかた》を着《き》ている。

毎回、お年よりは犬たちの衣装に、大きな拍手《はくしゅ》をおくってくれる。

「みなさん、これからワンちゃんたちがまわっていきますよー」

スタッフの合図《あいず》で、犬たちはお年よりの輪《わ》の中に歩いて行く。

そして、アイドルみたいに、犬たちが登場《とうじょう》する。お年よりの前を、ゆっくりと順《じゅん》にまわると、まちかねたように、お気に入りの犬の頭をだきしめる人がいる。

犬たちは、ほえたりかんだりしないので、お年よりは安心《あんしん》している。

なかなか犬をはなさない人には、ボランティアがそっと犬に手をそえて、となりの人のところに移動《いどう》させる。

と、ひとりのおばあさんが、浴衣を着たバディを指《ゆび》さして、

「あっ、サンジャク、サンジャク！」

大声でさけんだので、かいとはびっくりして、となりにいたエリさんに、そっときいてみた。

「サンジャクって何？」

三尺《さんじゃく》は、やわらかい布《ぬの》の帯《おび》のことだ。子どもがしめることが多い。

最近《さいきん》は着物《きもの》を着る機会《きかい》が少ないので、おとなでも、三尺を知らない人は多い。それでスタッフにも、何のことかわからなかった。

そのおばあさんは、子ども時代の三尺《さんじゃく》を思いだしたのだろうか。

でもスタッフがおどろいたのは、三尺にではなかった。

そのおばあさんが、ほとんど日常《にちじょう》の会話がなく、あまりはっきりとしたことばが出ないのに、声をあげたからだった。

それも、「三尺」という、意味《いみ》のあることばだったからだ。

おばあさんは、バディをなでながら、ひとりごとをいっていた。

バディの三尺は、ことばをなくしていたかのようなおばあさんに、声をだすきっかけを作ったのだ。

バディの体にあうように工夫《くふう》して、浴衣《ゆかた》や三尺を作ったのはエリさんだ。

これまでもかいとは、エリさんが犬たちに、ドレスやかざりを作っているのを見ている。おそくまで、ミシンをかけているのも知っている。

「こんなのどうかしら。バディににあうと思う?」

そうきかれると、

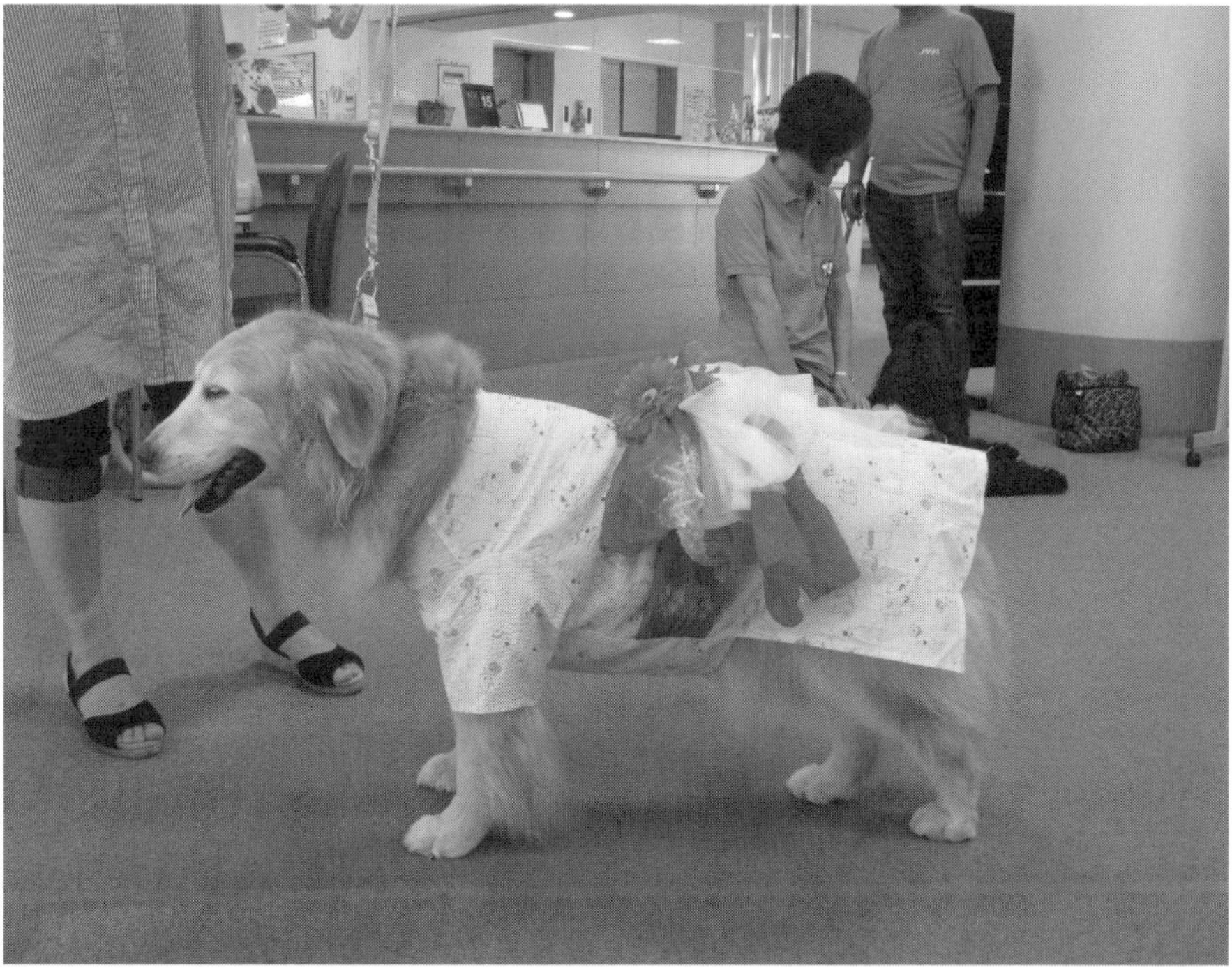

▲この日の衣装は浴衣にサンジャク。
▼三尺をしめたバディに、子ども時代を思いだすお年よりも。

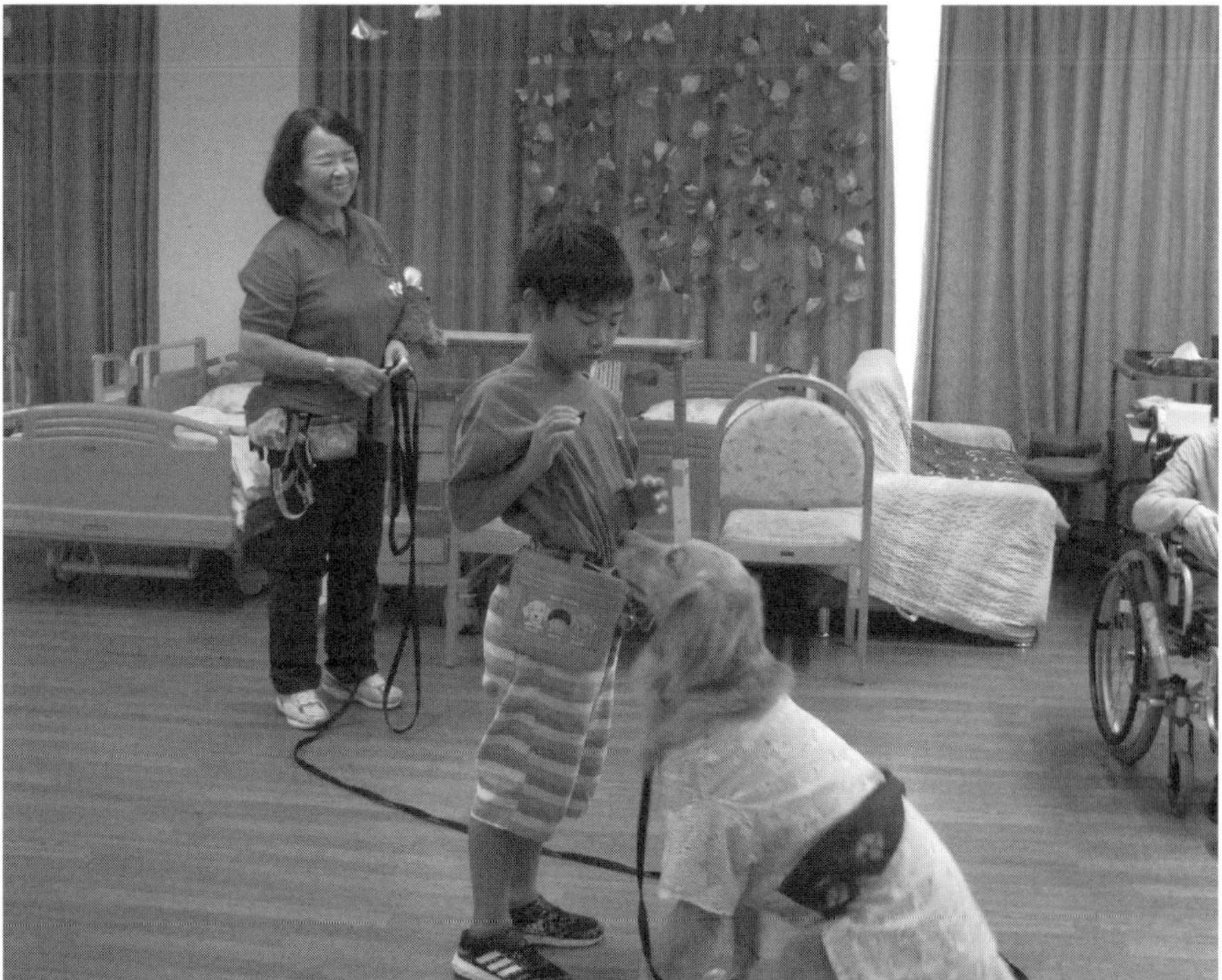

「かわいいからいいと思うよ」と適当《てきとう》にこたえていたが、エリさんの作る衣《い》装《しょう》に意味があるのは知っていた。

前にバディが、スカートのような赤い衣装をつけていったときに、「この犬は女の子かい？」ときかれたことがある。

「いいえ、男の子です」とこたえると、

「男の子に赤い服《ふく》を着《き》せたら、かわいそうだよ。ねぇ」と、そのおばあさんは、バディの顔をのぞきこんだ。

それがほほえましくて、まわりのお年よりや、スタッフからあたたかな笑《わら》いがおこって、みんなが笑顔《えがお》になったからだ。でも、かいとは、

（ぼくは、男の子が赤い服を着ていてもいいと思うけど）と、バディと顔を見あわせていた。

その人の話題《わだい》はすぐに、服には関係《かんけい》のないことにうつっていった。

お年よりの中には、話したとたんに、そのことをわすれるみたいな人もい

クリスマスの装いで登場のかいくんとバディ。
「かわいいよ」と声がかかる。

る。となりにすわっている人がいっていることと、関係《かんけい》のない話をはじめる人もいる。通じていないのに、おたがいにうなずいていたり。

セラピーの会場で、かいとはふしぎに感《かん》じていた。

この日のセラピーは、はじめに衣装《いしょう》のことで盛《も》りあがったので、お年よりの気持《きも》ちが、いっきょにほぐれていった。

かいとは、エリさんたちが、セラピー活動《かつどう》を、よりたのしいものにしようと、衣装でも工夫《くふう》をしているのだと思った。


そろそろ、かいととバディペアの出番だ。

スタッフが、フロアのまん中で手をあげた。

「はーい、小学生のかいとくんですよ。注目《ちゅうもく》してくださーい」

すると一瞬《いっしゅん》、ガヤガヤがおさまった。

きょうは、バディと練習《れんしゅう》してきたワザを、見てもらうことになっていた。

セラピー開始前に軽く復習。明るい声で「きょうも、おちついていこうね」

かいとはホールのまん中で、気持《きも》ちをしずめながら一礼《れい》した。

「犬の名前はバディです。これからバディと、三つの芸《げい》をお見せします」

やる気まんまんのバディは、おすわりをすると、しんけんな目でかいとを見あげている。

バディが自分を見ていることを確認《かくにん》して、深呼吸《しんこきゅう》をひとつしてから声をかけた。

「バディ、はじめるよ！　はい、スタート」

🐾エイト＝かいとは立ったまま足を開《ひら》く。バディがその間を8の字にくぐる。

🐾スピン＝バディがかいとの前で、クルクルまわる。

🐾ロールオーバー＝バディが、ゆかに寝《ね》ころんだまま回転《かいてん》する。

五分ほどで終了《しゅうりょう》。だいたいうまくできた。

「これでおわりです」と、あいさつすると、少し間があって、パラパラと拍《はく》

手《しゅ》がきた。そして、

「もうおわりなの？　もっと見たいよ」と声がかかった。

（もう一回やってもいいのかな。でも順番《じゅんばん》があるし……）

かいとは、どうこたえていいのかわからないので、おじぎをして、その場をはなれた。すると、ひとりのおじいさんが、大きな声で、かいとを手まねきした。

「おーい、大きな犬の小さなおとうさーん」

（ええっ、おとうさんて、ぼくのこと？）

おじいさんの前までいくと、さかんにバディの頭や首をなではじめた。

バディはすまし顔で、おすわりをしている。

「この大きな犬はどこの犬？　だれの犬？」

「ぼくのうちの犬で、いっしょにすんでいます」

「そうかい。そうかい。それできみのいうことをきくのか。かしこい犬だな」

おじいさんは、バディの頭に手をおいたまま、バディに話しかけていた。

(大きな犬の小さなおとうさんだって！　ぼく、バディのおとうさんなんだ)

かいとは、うれしくなって、笑顔《えがお》になっていた。

そこへ、花もようのスカーフを首にまいたおばあさんが、ゆっくり近づいてきて、バディに話しかけた。

「ハッピーちゃん、よくきてくれたね。おかあさんときているの？」

「この犬は、ハッピーではなくてバディといいます」

かいとがこたえると、

「ええっ？　そうなの。うちのハッピーちゃんは、どうしたんだろう」と、あたりをきょろきょろしはじめた。

「おうちの人がまだこないんですか？」と、かいとがきいても、おばあさんはそれにはこたえないで、もう、となりにいる人に話しかけていた。

かいとがとまどっていると、だれかが肩《かた》をトントンとたたく。きょうのセ

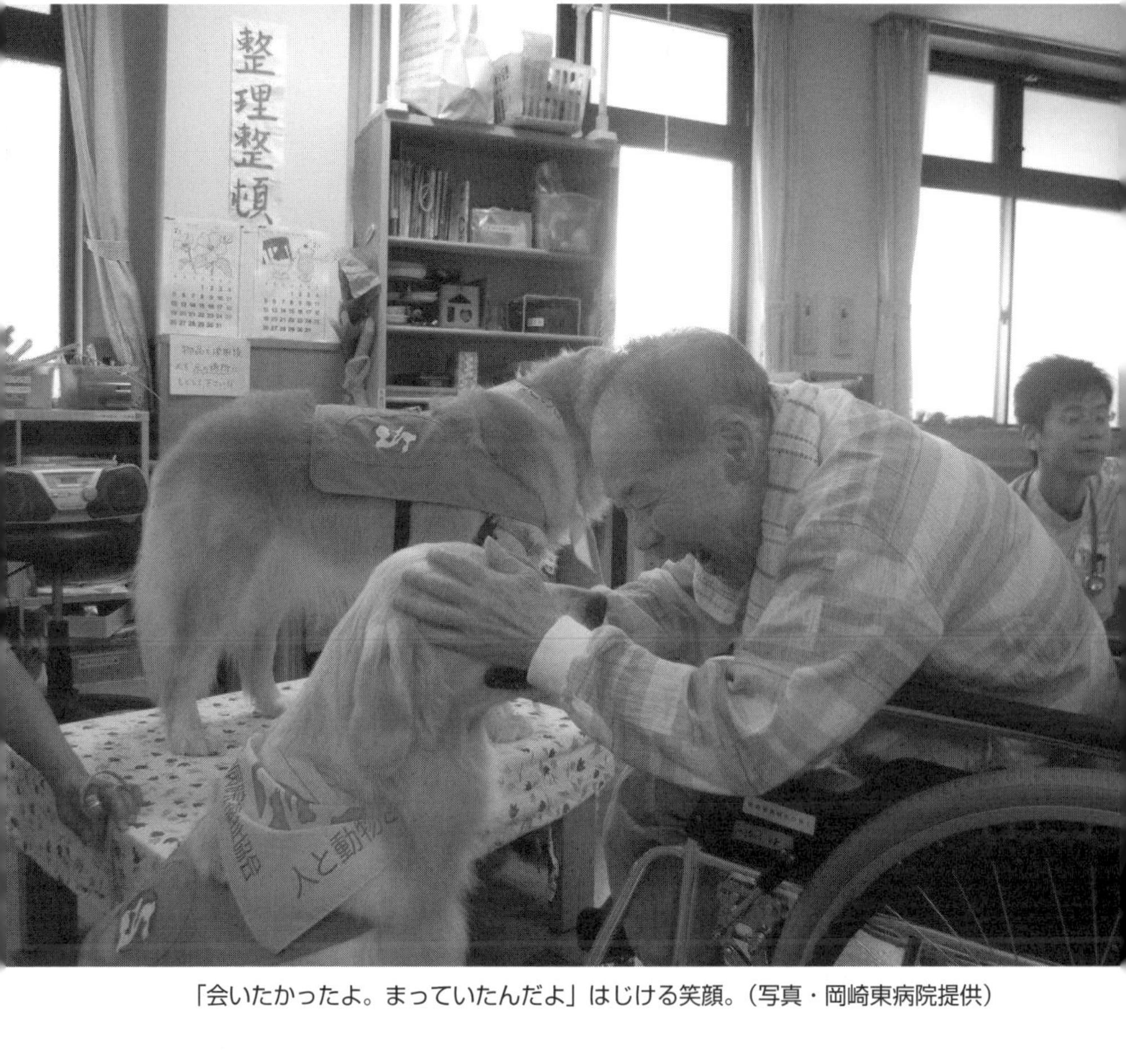

「会いたかったよ。まっていたんだよ」はじける笑顔。(写真・岡崎東病院提供)

ラピー担当《たんとう》スタッフだ。

「おちついて、うまくできてよかったよ。さっきセラピーのはじまる前に、ホールの入口で、かいくんの手をにぎったおばあさんがいたでしょう」

「はい」

しわだらけの手が、きゅうに手首をつかんできたので、びっくりして、思わず手を引っこめてしまった。車いすの人だった。

あのとき、どうすればよかったんだろう。冷《つめ》たい手だった。

「あの人ね、かいくんと同い年くらいのおまごさんがいるんだって。それでかいとくんに親しみをもったんだね」

「はい。何年生って、きかれました」

そのおばあさんは、まごの男の子に会いたいのに、このごろきてくれないので、心配《しんぱい》なのだと、スタッフに話したという。

（どうして会いにこないんだろう）

かいとは、まごに会いたがっているおばあさんを、気のどくに思った。あまりに冷たい手をしていたのも気になっていた。

スタッフの人は、この施設《しせつ》に、仕事《しごと》できていた男の人の話もしてくれた。

その人は、「いくらしつけができていても、気に入らないことがあったら、かみついたりするのかな」と思いながら、セラピーのようすを見ていた。

すると、いつのまにか、白い大きな犬が足もとにいた。

そばに、リードをにぎった飼《か》い主《ぬし》のボランティアの人がいて、「どうぞ、さわってみてください」といわれて、しぜんに犬の頭をなでていたという。

「子どものころ、泣《な》きながら犬においかけられたことがあって、犬が苦手《にがて》でした。犬にさわったのははじめてです。自分でもおどろいています」と、スタッフに話したという。

「友だちにもそういう子がいます。その人、また犬に会いにくるといいな」

「そうだね。かいとくんとバディにも、会ってほしいね」

「はい」

そして、セラピー活動《かつどう》がおわったあとで、スタッフがかいとに、こんなことを語《かた》ってくれた。

「セラピーのあった日は、笑《わら》ったり、声をだしたりするから、お年よりの夕食がすすむこと。おふろがきらいな人が、自分から入ろうとしたり、少しでも体を動《うご》かすので、よくねむれて、つぎの朝は気分よく目ざめること。朝食がおいしくて笑顔《えがお》になること」など。

スタッフは、セラピー犬の訪問活動《ほうもんかつどう》には、お年よりたちにとって、よい働《はたら》きかけがあることを、かいとに知らせたかったのだろう。

子ども扱《あつか》いせずに、エリさんたちセラピー犬と、ボランティア活動をしているひとりとして、かいとを見てくれているのが、うれしかった。なんだか、とてもほこらしい気持《きも》ちになった。

セラピー活動には、参加《さんか》しているからこその、思いがけないよろこびがたくさんある。

セラピーの場で、バディの評判《ひょうばん》がよいのも、かいとはとてもうれしい。

バディもソックスも、遊《あそ》ぶこととセラピーとの気持ちのきりかえが、とてもうまくできている。

かいとが、水泳《すいえい》も空手《からて》もがんばっているのと、同じだと思う。

こんな気持ちも、バディとセラピー活動をはじめてから、味《あじ》わったことだ。

これまで見えなかったことが、セラピーボランティアの場では、見えるような気がしてきた。


家にかえると、エリさんがしみじみといった。

「どのお年よりにも、人には話せないなやみがあると思う。長く生きていると、うれしいことも、つらいこともいっぱいあるのよね。いろいろな経験《けいけん》をしてきた人が、セラピー犬とむかいあっているときの顔は、しあわせそうよね。犬とのセラピーには、つらいことをわすれさせる力もあるのだと思う」

犬といっしょにボランティア活動《かつどう》をするには、犬の体や心についての勉強が必要《ひつよう》だ。でも、犬が大すきで、活動方法《かつどうほうほう》について勉強すればできることなので、たくさんの人にやってほしいと、かいとは強く思うようになった。

せっかくはじめても、いろいろな事情《じじょう》から、長くつづけられない人もいると、エリさんがいっていた。

つづけていくことのむずかしい活動でもある。

「ぼくはつづけられるよ。だってたのしいんだもの」

かいとはバディを見て、力強く宣言《せんげん》した。

「きょうもありがとう。たのしかったね」
セラピーをおえて、バディをねぎらうかいくん。

7 チューリップもようのカバー

かいとは、これまでセラピー訪問《ほうもん》している老人保健施設《ろうじんほけんしせつ》のほかに、総合《そうごう》病院《びょういん》への訪問に参加《さんか》する機会《きかい》があった。

かいとにとっては、はじめての場所《ばしょ》だが、その病院では、入院患者《にゅういんかんじゃ》へのセラピー犬訪問を、二十年以上《いじょう》も前にとり入れていた。

その活動《かつどう》をつづけていたのは、エリさんたちボランティアだった。

この病院でのセラピー活動は、院長《いんちょう》先生の、「入院生活《にゅういんせいかつ》の長い患者《かんじゃ》さんたちに、動物《どうぶつ》にふれさせてあげたい」、というねがいからはじまった。

動物の、人の心をいやす力をかりる、アニマルセラピーが必要《ひつよう》と考えていた院長先生が、そのころから、セラピー活動をしていたエリさんたちに相談《そうだん》して、実現《じつげん》し、つづけてきた。

病院の中の広いリハビリ室に、セラピーコーナーが作られている。

病室《びょうしつ》から歩いてこられる人にも、車いすでくる人にも、むりのないしせいでセラピー犬にさわれるように、犬をのせる専用《せんよう》の台が、用意《ようい》されていた。

体をかがめるのが、つらい人もいるからだ。

患者さんたちは、時間をずらせながら、順番《じゅんばん》に入ってきて、セラピー犬にさわったり、声をかけたり、なでたりする。

犬がのる台に、チューリップもようのカバーがかけてある。

「かいくん、見て。このカバーは、セラピー訪問をはじめたばかりのころに、病院がセラピー犬のために作ってくれたのよ。このカバーを見るたびに、いっしょに活動した犬たちのことを思いだすの」

「ぼくが生まれる前に家にいた犬も、ここでセラピーをしていたんだね」

かいとは、写真《しゃしん》でしか会ったことのない犬たちが、台の上でしっぽをふっ

▲代々のセラピー犬たちもつかっていた専用の台で休むバディ。

▼チューリップもようのカバーは、施設のスタッフからのプレゼントだ。

ているような気がした。

犬たちは、患者《かんじゃ》さんの手から、おやつをもらうのをまっている。

病院《びょういん》では、犬のおやつに、ベビーフードを用意《ようい》している。患者さんが犬のおやつを食べてしまうといけないので、ベビーフードをつかっているのだ。

セラピー犬と、ふれあう順番《じゅんばん》をまっていた女の人が、かいとに話しかけてきた。

「入院《にゅういん》している間、家でまっている子がいてね。退院《たいいん》したら、そのタロちゃんとさんぽするのがたのしみなのよ」

かいとは話しかけられてうれしかったが、すぐにことばが出ない。

そこに、セラピー担当《たんとう》のスタッフがやってきた。

「きみが太田《おおた》かいとくん？　エリさんのおまごさんの」

「はいっ」

「ボランティアのみなさんには、長いことおせわになっているんだ。きみ、これからもきてね。入院中《にゅういんちゅう》は、子どもに会うことが少ないから、きみと話すのもうれしいはずだよ」

病院《びょういん》では、患者《かんじゃ》さんたちの相手《あいて》は、お医者《いしゃ》さんや看護師《かんごし》さんだ。入院中、話すことといえば、くすりの飲《の》み方《かた》とか、食事のきまりとか、守《まも》らなければならない約束《やくそく》ごとが多い。

医者や看護師としてはあたりまえの仕事《しごと》でも、患者にとっては指図《さしず》されているようで、つらいこともある。いい方はやさしくていねいでも、きんちょうしてしまう。

「セラピーのとき、犬は人に命令《めいれい》しない。なでたり話しかけたりしても、じっと見つめて、耳をかたむけてくれるよね。だから話しかけたくなるし、自分の話をきいてくれる犬には、ふだんはめったに笑《わら》わない人でも、笑顔《えがお》を見せるんだね」

かいとは、大きくうなずいていた。

「犬には、人の気持《きも》ちに、働《はたら》きかけてくれる力があるよね。いつも、すごいと思っているんだ」

「ぼくも、バディやソックスと毎日いっしょにいるから、よくわかります」

かいとは何回もうなずきながら、子ども扱《あつか》いしないで、ひとりのボランティアとして話してくれるのに、感動《かんどう》してしまった。

「ぼくもセラピーにかかわるまで、犬の力のすばらしさを考えたことはなかった。ここでセラピーを担当《たんとう》して、犬の力ってすごい、と実感《じっかん》したんだ」と、交通事故《こうつうじこ》で足をいためて、リハビリ中の男の人のことを話してくれた。

「その人は、なかなか杖《つえ》をはなせなくてね。セラピーの日も、いつものように、杖をついて歩いてきた。でも、リハビリ室の前で杖をおいた。お気に入りの犬におやつをあげたいと、セラピーコーナーまで壁伝《かべづた》いに、杖なしで歩いたんだ」

かいとは、しんけんに耳をかたむけた。

「そして、セラピーのあったつぎの日の朝、杖《つえ》がなくても、歩けるようになったんだよ。その人、あさってには退院《たいいん》する。きょうはセラピー犬と会える最後《さいご》の日なんだ。その人、もうすぐここにくるよ。お気に入りの犬というのは、ソックスなんだ」

かいとは体があったかくなった気がした。その人は犬がすきなこともあるだろうけど、犬にふれているうちに、心や体がほぐれたり、元気になるのは、わかる気がする。

エリさんたちが、セラピー活動《かつどう》をつづけているのも、こんなうれしい気持《きも》ちになるからだ。

かいとは、セラピー活動の時間には、やさしい音楽が流《なが》れているような感《かん》じがしていた。犬とかかわることで、人は相手《あいて》のことを、深《ふか》く思いやれるのかもしれない。

犬にふれていない人には、わかりにくいかもしれないが、やさしく見つめ

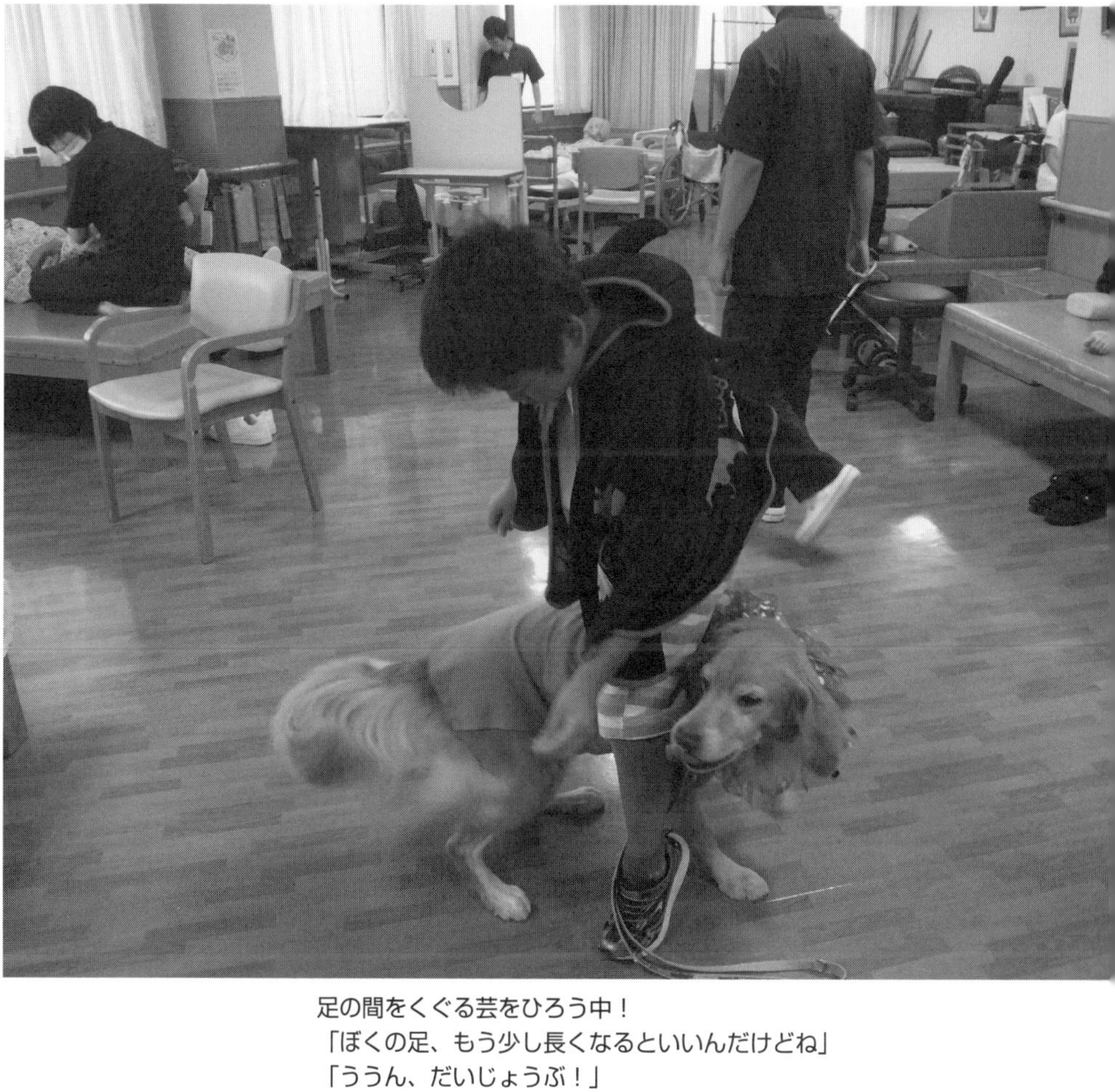

足の間をくぐる芸をひろう中！
「ぼくの足、もう少し長くなるといいんだけどね」
「ううん、だいじょうぶ！」

て、耳をかたむけてくれるセラピー犬に、自分の気持《きも》ちを話したくなる。
見たりきいたりするだけでは、本当《ほんとう》に大事《だいじ》なことはわからない。
本気でかかわったとき、自分の気持ちが相手《あいて》に伝《つた》わったときに、感《かん》じられるものだ。
外がわにいるだけでは、見えないことだ。
セラピー訪問《ほうもん》では、かいとの気づかないことが、まだいっぱいありそうだ。
さっきのスタッフの、ソックスのセラピー効果《こうか》の話、エリさんは知っているだろうか。
家に帰ったら、エリさんに話してあげよう。
かいとの心は、晴れやかだった。

8 新しいなかまサンシャイン

かいとは三年生の新学期をむかえた。

月に一回、第三日曜日の老人《ろうじん》保健施設《ほけんしせつ》へのセラピー訪問《ほうもん》はつづけている。

学校の行事はもちろんのこと、水泳《すいえい》や空手《からて》の大会にも出場している。

学校のある間は、平日《へいじつ》は参加《さんか》できないセラピーに、日曜日でなくても参加できる夏休みがまちどおしかった。

家族旅行《かぞくりょこう》の話がでても、「ぼくはセラピーに行きたい」といって、あきれられるくらい、かいとはセラピーがたのしみだ。

七月のはじめに、三歳《さい》のゴールデンレトリバーが、家にくることになった。

これまでにも何回も受け入れている、保護犬《ほごけん》のあずかりだ。

こんどの犬には、すでに新しい飼《か》い主《ぬし》がきまっているので、準備《じゅんび》がととのうまで、めんどうを見ることになった。

それにしても、かいとは、とても腹立《はらだ》たしい。

（どうして、犬をすてる人がいるんだろう！）

家にきた犬は、経営《けいえい》に行きづまったブリーダーにすてられたのを、保護犬《ほごけん》ボランティアが救出《きゅうしゅつ》した犬だった。

ケージにこもったままで、よびかけに、ほとんど反応《はんのう》しない。三歳《さい》にしてはあまりにも小さい。

やせ細《ほそ》った体のあちこちには、きずあとがいくつもある。少ないえさをうばいあい、なかまの犬にかみつかれたにちがいない。

人とふれあうこともなく、手入れもしてもらっていないのが、かいとにもひと目でわかった。

「バディも、はじめはこんなだったよね。この子も人を信《しん》じるようになるといいな」

かいとがエリさんにいうと、

「新しい飼い主さんのところに行くまでに、きずもなおるといいわね」

ところが数日後に、犬を飼うはずだった人から、つごうがわるくなったと、ことわりの連絡《れんらく》がきた。

それなのに、エリさんは、おちついていった。

「まずは家でゆっくりさせてあげよう。人はやさしいんだよっていうことを、かいくんが見せてあげて。バディにやってあげたみたいにね」

「元気になれば、飼い主が見つかるかもしれないね。できるだけやってみるよ。バディとつきあってきたことが、役《やく》に立てばいいけど」

かいとはそうはいったものの、自信《じしん》がなかった。

でも、犬の健康診断《けんこうしんだん》には、エリさんといっしょに行った。

犬を診察《しんさつ》した動物病院《どうぶつびょういん》の先生は、

「この子は、えさを食べられなかったんだろうな。よわい犬は、えさのうばいあいで、きずだらけになってしまうんだ。大きくなれるはずがない」

栄養不足《えいようぶそく》だけでなく、肋骨《ろっこつ》が折《お》れていることもわかった。けがをしても、手あてをしてもらえず、痛《いた》みに耐《た》えていたにちがいない。

「手術《しゅじゅつ》をするんですか？」

かいとは先生にきいた。

「肋骨は手術できないので、時間をかけて自然《しぜん》になおるのをまつしかない」

なぜ骨折《こっせつ》したんだろう。大きい犬にふまれたのだろうか。

どんなにこわかっただろう。なんでそうなったのか、わけをきいてあげたいけど、想像《そうぞう》するしかないのがもどかしい。

人のことをすきになってくれるだろうか。

かいとは、目をふせたままの犬を見ているうちに、自分にできることを考えはじめていた。

病院《びょういん》からの帰り道にエリさんから、

「この子、バディのように、かいくんがめんどうを見てあげて」といわれたとき、

「ぼくがんばってみるよ」

すぐにこたえていた。自分でもふしぎなくらいのはやさだった。

「かいくんがせわをすれば、明るい子に育《そだ》つとおもう。バディを見ていてよくわかった。バディみたいにこの子も、ソックスともすぐになかよくなれると思う」


犬の名前は「サンシャイン」にした。よぶときは、「サン」だ。

暗《くら》くてさびしかった子に、光がさしてほしい。みんなの光にもなってくれるように、というねがいをこめた名前だ。

かいとは、バディにしてきたように、サンシャインに話しかけつづけた。

そうすれば、サンシャインも、何かしらこたえてくれるはずだ。

「かいくんはきっと、サンシャインが信用《しんよう》する人の第一号《だいごう》になるわね。やさしく声をかけてもらってうれしいのは、人も犬も同じでしょ。この人によろこんでもらおう、という気持《きも》ちが、生まれてくると思うの」

「じゃあ、ぼくはサンをはげましたり、なぐさめたりするセラピーをしているのかな?」

かいとは、大きな発見《はっけん》をしたような気がした。


サンシャインを家族《かぞく》にむかえて一週間目。

あれっ……。

ソックスとバディが、こうたいでサンシャインの体をなめていた。

二頭は、サンシャインが、自分たちのおもちゃにさわってもおこらない。

でも、まわりを気にしながら、ケージのすみで食べるサンシャインのくせ

ソックスとバディに見守られて、安心のサンシャイン。すっかり元気になって。

は、すぐにはなおらなかった。

「サンはもう、うちの子になったんだよ。ソックスもバディもやさしくしてくれるじゃない。安心《あんしん》していいんだよ」

かいとは、食事のたびに声をかけた。

しばらくするとサンシャインは、バディやソックスとならんで食べるようになった。

9 夏休みの自由研究《じゆうけんきゅう》

夏休みの宿題《しゅくだい》に自由研究がある。かいとは、「保護犬《ほごけん》のしつけについて」をテーマにまとめることにした。

みんなにセラピー活動《かつどう》について知ってほしい。自分がセラピーボランティアをつづけていくための勉強にもなる。

(サンシャインのためにも、バディにやってきたことをまとめてみよう)

バディとつきあっているうちに、かいとなりに、たしかめることができたことがある。幼《おさな》いときのバディにやってきたしつけを書きだしてみた。

犬にも人間と同じように、それぞれの犬に、得意《とくい》なことと苦手《にがて》なことがある。得意なことでも、犬があきてしまうまで、やらせないのがいい。

そして、犬が気持《きも》ちを集中《しゅうちゅう》して、おぼえていける工夫《くふう》をする。

人も犬も、しかるよりほめるほうがいい。ほめるときは明るくはずむような調子《ちょうし》の声がいい。エリさんの犬のしつけを見ているうちに、わかってきた。

犬に教えることを書いていく。
1、名前をつける。2、ケージになれさせる。3、トイレを教える。
4、おすわりや、ふせ、を教えるなど……。
これらの指示《しじ》は、犬が人と暮《く》らすうえで必要《ひつよう》なことで、セラピー犬になるための基本《きほん》でもある。

教え方の方法《ほうほう》とその結果《けっか》も書きだしてみた。

サンシャインは、すぐに自分の名前をおぼえた。

よぶとふりむくようになった。

「ハウス」というと、ケージに入っていく。

トイレはほとんど失敗《しっぱい》しない。

自由研究《じゆうけんきゅう》にまとめていくうちに、サンシャインのしつけも、うまくなっていった。これを「一石二鳥《いっせきにちょう》」ということもおぼえた。

おすわりをおぼえさせたいときの、コツもまとめた。

おやつを頭の上のほうからやると、とびつくので、

1、いちど鼻《はな》にくっつける。

2、手を鼻先から頭のうしろにもっていく。

3、すると、おしりが地面《じめん》（ゆか）について、すわったしせいになる。

4、そのときすぐに「おすわり」といって、おやつを口に入れてやる。

5、その後は、手の動《うご》きだけで、おすわりができるようになる。

くり返《かえ》しているうち、おやつなしでもおすわりをするようになる。

「いいぞ、サン」

指示《しじ》する声にしたがうサンシャインのしんけんな目つきは、かいとの気持《きも》ちをふるい立たせた。

うまくできたときは、「いいぞ、サン」と名前をよびながら、首すじをなでて、せいいっぱいほめる。サンの満足《まんぞく》そうな顔はとってもかわいい。

犬のことを、あまりよく知らない人にも、わかってもらいたい。それをわかりやすく書くのは、むずかしい。

かいとは何回も書きなおしながら、自由研究《じゆうけんきゅう》のまとめを、大きなポスターに描《か》きおえた。

サンシャインは「まて」も「すわれ」も教えられていないのに、すぐにできた。

サンシャインは、先輩《せんぱい》のソックスとバディが、セラピー訪問《ほうもん》の前に、しっけの動作《どうさ》を復習《ふくしゅう》しているのを、じっと見ていることがある。一生懸命《いっしょうけんめい》見て

ほご犬のしつけ方　バディ→

太田 海翔

ほご犬（サン←サンシャイン）

1　やってみようと思ったわけ

7月19日にほご犬が来た。新しい家に行くためのしつけをする方ほうを知りたいと思った。

2　じゅんび

ケージ、新しい水入れ、食き、しつけ用のおやつ、カメラ

3　方ほう

(1)名前をつける。（三年間名前がなかった）
(2)ケージにならせる。
(3)名前をおぼえさせる。
(4)人になれさせる。
(5)トイレを教える。
(6)おすわりを教える。

4　けっか

(1)名前をよぶとふり向くようになった。
(2)「ハウス」というとケージに入って行く。
(3)どこをさわっても平気。
(4)ほとんどトイレのしっぱいをしなくなった。
(5)手の合図でおすわりができる。

5　わかったこと

(1)毎日何回もくりかえすとできるようになる。

(2)おやつを上からあげるととびつくので、はなにくっつけて頭の後ろに持って行くとおしりがついてすわる。おしりがついた時に、「おすわり」と言っておやつを口に入れることをくりかえす。

(3)ごはんのときに「ハウス」と言って待っていると、ケージにとびこむようになる。その時にほめてやるとうれしいみたい。

6　まとめ

はんしょく所ですてられた犬でも、名前をつけてあげて、毎日しつければ、すごくいい犬になることがわかった。

自由研究のまとめには時間がかかったなあ。でも、おもしろかった！

おぼえてしまったのかもしれない。

犬は人が教えたことだけでなく、自分なりに勉強していると、かいとは思う。興味《きょうみ》を引いたことは、じっと見て、よくおぼえている。

はじめからそなわっている本能《ほんのう》にくわえて、犬には学習《がくしゅう》する意欲《いよく》がある。

その能力《のうりょく》を生かせるかどうかは、せわをする人にかかっている。

犬は、人によろこんでもらうことが大すきだ。どうすればいっしょにたのしめるかを、犬は考えている。

かいとは、サンシャインが指示《しじ》をまちがえても、しかったりしない。

「ぼくにだって、きちんと教えてもらわないと、まちがえたり、できないことがある。むりしないで、ゆっくりおぼえればいいんだよ」と、話しかけて、気持《きも》ちをきりかえてやる。

サンシャインの協力《きょうりょく》のおかげで仕上《しあ》がった、自由研究《じゆうけんきゅう》だった。

この自由研究がきっかけで、かいとはバディやサンシャインの動作《どうさ》や変化《へんか》を、これまでよりも、よく見るようになった。
セラピーのときも、おちついて行動《こうどう》するのに役《やく》に立った。
サンシャインも、体は小柄《こがら》だが健康《けんこう》そうになった。
肋骨《ろっこつ》の骨折《こっせつ》はついたみたいだが、体に負担《ふたん》がかかるようなことは、さける
ようにしている。

「いつまでもなかよしでいようね」
「もちろんデス」

10 ソックスの仕事《しごと》

ある日のこと。

エリさんが、かいとに相談《そうだん》してきた。

「ソックスを、そろそろセラピーから休ませてあげようかと思うの」

ソックスは十三歳《さい》になっていた。だいぶ動《うご》きがゆるやかになってきた。

でも、家のなかでは不自由《ふじゆう》なく暮《く》らしている。

エリさんの心配《しんぱい》は、ボランティア活動《かつどう》のことだった。

もし訪問先《ほうもんさき》でつまずいたり、おもらしをするようになったとしたら、まわりにいる人も気にするし、心配する。

何よりも、活動が、ソックスの負担《ふたん》になってはならない。

そんなことが起こらないうちに、少しずつ、セラピー活動から引退《いんたい》させようと考えた。

セラピー訪問の日。ソックスはいつものように、うれしそうにバディとはしゃいでいる。

「きょうはおるすばんおねがいね」とエリさんがいうと、ソックスは、「どうして？」と、ふしぎそうな顔をした。

自分が、なぜ行かなくていいのか、わからないからだ。

かいととバディたちが、セラピーをおえてもどってくると、「お帰りなさい」のでむかえもしてくれない。

クンクンと、バディのにおいをたしかめると、いつもの訪問先のにおいがする。とりのこされたのがショックなのか、ゆかにふせてしまった。

そんなソックスのようすを見て、心配そうなかいとに、エリさんは、「ソックスにぴったりの、新しい仕事をしてもらおう」と、話してくれた。

エリさんは、犬の飼《か》い方《かた》・しつけ講座《こうざ》の講師《こうし》もつとめている。愛犬家《あいけんか》からの相談《そうだん》も受けている。

「老犬《ろうけん》セミナー」のアシスタントを、ソックスにつとめてもらうことにした。この講座は、飼《か》い主《ぬし》が、年をとった犬の体と心のケアを学ぶもので、ソックスにぴったりの仕事《しごと》だ。

エリさんは、これまでも講座につれてきていたソックスのことを、あらためて受講者《じゅこうしゃ》たちに紹介《しょうかい》した。

「ソックスは、長いことセラピー活動《かつどう》をしてきました。セラピー訪問《ほうもん》は、むずかしい年齢《ねんれい》になりましたが、自分はもう年だから、引退《いんたい》したい、などとは考えていません。しっかり仕事をしていると思っているはずです。きょうも仕事をしますので、どうぞよろしく！」

エリさんの足もとに、すまし顔ですわっていたソックスは、立ちあがると、得意《とくい》そうな顔で、会場を見まわしている。

受講者たちが拍手《はくしゅ》をしてくれた。

ソックスを紹介しながら、エリさんは、本題《ほんだい》へと入る。

「犬は人の役《やく》に立ちたがっています。犬の生きがいにもなります。その犬にふさわしい、いっしょにたのしめる仕事をさせてあげたいですね。人と同じに、年を重《かさ》ねても、元気に生きていけるひけつですよ」

会場には、犬が年をとってきて、いままでできていたことが、できなくなった。どうすればいいのか、といったなやみや、問題《もんだい》をかかえた飼い主が集《あつ》まっている。

「犬の一年は人の六、七年分と考えられています。人を七十歳《さい》から老人《ろうじん》とすれば、小型犬《こがたけん》は八、九歳から、大型犬は、七歳から老化《ろうか》のサインがでてきます」

犬も人間と同じように、白髪《しらが》がまざったり、動作《どうさ》がゆっくりになるなど、見た目でわかる老《お》いにくわえて、すきだったさんぽや、おもちゃへの関心《かんしん》を失っていく。

寝《ね》ている時間が長くなり、段差《だんさ》にとまどったり、歩いていてフラついたり、トイレの失敗《しっぱい》をくり返《かえ》したりする。

「年をとっておとろえてくるのは、人と同じです。年月がすぎたことをわすれて、犬に若《わか》いころのままをもとめないようにしましょう。

でもこのソックスもそうですが、老犬《ろうけん》になっても、人といっしょにたのしめることをしたがっています。その気持《きも》ちは大切にしてあげたいですね」

エリさんの話の間、ソックスは、ときどき立ちどまっては、会場をゆっくりと歩きまわっていた。

受講者《じゅこうしゃ》たちをリラックスさせ、笑顔《えがお》にさせていた。

「とくに、大すきだったさんぽをいやがるのは要注意《ようちゅうい》です。視力《しりょく》がおちてくると、暗《くら》いところはいやがります。注意して見てあげてください」

そして、「犬にとってやりがいがあることを、うばわないようにしましょう」と、話をおえた。

セミナー会場でのソックスは、家にいるときとはまるで別《べつ》の犬のように若々《わかわか》しく見えた。

歩みはゆっくりだけれど、指示《しじ》どおりにできているので、耳のきこえはだいじょうぶ。まだまだ、セミナーの仕事《しごと》はできそうだ。

「はい、もどってきていいわよ」

エリさんの手まねきでもどると、ソックスはエリさんの足もとにすわり、口を、ちょっとだけあける。笑《わら》っているような顔は、会場をなごやかなふんいきにした。おだやかな時間だった。

こんなとき、エリさんの胸《むね》には、ともにセラピー活動《かつどう》をした犬たちの顔がつぎつぎとうかんでくる。

自分の役目《やくめ》をはたして、満足《まんぞく》そうな顔で家に帰ってきたソックスに、かいとの心はほっこりする。

ソックスが、いきいきしているのは、活躍《かつやく》の場《ば》があってこそだ。バディも、かいとよりずっと早く、年をとっていく。やがては、セラピー活動《かつどう》に行けなくなる日がくるだろう。それまでは、いっしょにセラピー活動をつづけていく。いつまでも元気でいてほしい。

「かいくん大すき！」「ぼくも！」

11 セラピーをつづけるよ！

四年生の夏休み。かいとは、一年ほど前に、一度だけ、バディとセラピー訪問《ほうもん》した、老人保健施設《ろうじんほけんしせつ》を訪問できることになった。

この施設のセラピー訪問は、ほとんどが平日《へいじつ》に行われるので、かいとは参《さん》加《か》できない。たまたま、学校が休みだった日のセラピーに、一回行っただけだった。

かいとは、その施設でのセラピーのことが、ときおり心にうかぶ。

というより、そのときに出会ったひとりのおじいさんが、ずっと気になっていた。

その人もきょう、セラピーにくるだろうか。

細《ほそ》い体で、顔は、ちょっとこわそうな目をしていたというぐらいしか、思いだせないのに、強くおぼえているのは、その人が、

「よくきてくれた。会いたかった!」と、かいとにだきついてきたからだ。かいとの背中《せなか》に両手《りょうて》をまわし、細い腕《うで》の、どこにその力があるのかと思うほど、強くだきしめてきた。骨《ほね》がごつごつして、心臓《しんぞう》の音が、かいとの胸《むね》にひびいてきた。首すじから、かすかにすっぱいにおいがしていた。

(あのおじいちゃん元気かな。会ってもわからないかもしれないな)

そんなことが、施設《しせつ》にむかう車の中で頭にうかんでいた。


この施設には広いラウンジがあり、ボランティアたちはそこで打合《うちあわ》せをしたり、セラピーのおわった後は、その日の活動《かつどう》の感想《かんそう》を語《かた》りあい、反省会《はんせいかい》をすることもできる。

お年よりが、外部《がいぶ》の人と交流《こうりゅう》をしたり、体を動《うご》かしたり、いっしょにくつ

ろげる、さまざまなプログラムも用意《ようい》されている、すばらしい施設だ。

ボランティアメンバーがつぎつぎに到着《とうちゃく》する。涼《すず》しいラウンジで打合せをする。

スタッフの説明を受けて会場のホールへむかう。

ホールに入る前に、かいととバディに声がかかった。

「かいとくんとバディちゃん、いっしょに写真《しゃしん》をおねがいします」

入居者《にゅうきょしゃ》に会いにきていた家族《かぞく》の人だ。バディをまん中にして、写真におさまった。

「ありがとう。ここにいる母から、小学生が、犬とセラピーをしているってきいていたの。会えてよかったわ。母もセラピーをたのしみにしているの。つぎもまた会いましょうね」

ときどき、こんな注文《ちゅうもん》やエールがある。握手《あくしゅ》をもとめられたりするので、てれくさい。

バディも、うれしそうにしっぽをふってこたえている。

「かいくんは人気者《にんきもの》ね。あとでわたしたちとも写真《しゃしん》とりましょうよ」

ボランティアのひとりからも、声をかけられた。

かいとはバディと、ホールへいそいだ。エリさんたちみんなは、もうホールでスタンバイしている。

広いホールには、セラピーを見学する入居者《にゅうきょしゃ》の家族《かぞく》もいて、ざわざわしていた。

ボランティアと犬たちが一列《れつ》にならんで、それぞれペアのセラピー犬と、自己紹介《じこしょうかい》をする。

セラピー開始《かいし》だ。

すると、ひとりのおじいさんが、いすにつかまりながら、立ちあがった。

そして、よろけながら、かいとに近づいてきた。

「あっ！」

この日のボランティア参加は８組。
「つぎのセラピーはいつかな」「また会いましょうね、かいくん」「はいっ」

かいとは思わず声をあげた。

「かいとくん、かいくんだろ。あれからずっとまっていたんだよ」

大きな声でよびかけると、かいとにだきついてきた。強い力だった。

かいとは、思わず、バディのリードをはなしそうになった。

あのおじいさんだった。

おじいさんはこわい顔ではなかった。やさしい目をしていた。

かいとをだきしめたまま、

「大きくなったね。まっていてよかった。会いたかったんだよ。死《し》ぬ前に会えてよかった」

なかなか腕《うで》をはなしてくれない。かいとはされるまま、じっとしていた。

いつのまにか、かいとの目から涙《なみだ》があふれていた。

まわりの拍手《はくしゅ》は、かいとには明るい音楽にきこえた。

「また会えるかい？」

おじいさんは、かいとの顔を見つめながらいった。

「はい、ぼくも会いたいです。またきます！」

おじいさんは、かいとの右手をにぎってきた。

かいとは「またきます」と、おじいさんの手に左手をそえた。


土曜日の午後、ソファに寝《ね》ころんでいるバディに、

「明日はボランティアだよ。準備《じゅんび》しようね」

かいとが声をかけると、

（はいっ、わかりました）

と、おすわりをして、かいとの顔を見る。それから立ちあがると、しなやかな毛をゆらしながら、大きくしっぽをふる。

そして、どっしりとした体重《たいじゅう》をかいとにあずけて、のしかかってくる。

かいとは、足をふんばって、重《おも》いあまえん坊《ぼう》を受《う》けとめる。

サンシャインも、まもなく本格的なセラピー活動に参加することに。
すっかりおにいさんの顔になっているバディ。
「サンちゃん、バディ、よろしくね」

バディとのセラピー活動《かつどう》を通じて、たくさんの人と出会った。これからもあるだろう。

それらの人との出会いは、たのしいだけでなく、たくさんはげまされたり、力をもらうことができた。

だからぼくは、これからもずっと、セラピー活動をつづけていくよ。

あとがき

「どうして、犬をすてる人がいるのかな？　ぼくにはわからない」

太田海翔《おおたかいと》くんが、本書の取材中《しゅざいちゅう》になんどもつぶやいた言葉《ことば》が、私の胸《むね》にきざまれています。

海翔くんは、バディとのセラピー活動《かつどう》がたのしいだけに、人の犬への仕打《しう》ちを理解《りかい》できないのです。

祖母《そぼ》の恵里《えり》さんとボランティア仲間《なかま》たちの、犬の保護活動《ほごかつどう》を間近で見て育《そだ》った海翔くんは、無責任《むせきにん》に命《いのち》をすててしまう人のいる一方で、その命を守り、いつくしむ人がいることも知りました。

そして、犬が人の気持ちによりそう仲間だということにも気づいていきます。

一度は見すてられた犬が、ふたたび人を信《しん》じるようになり、やがては人をなぐさめ励《はげ》ますセラピー犬になっていくようすも、自分の目でしっかり見てきました。

「セラピー活動は、いきなりできるものではなく、これまでの犬たちの、『命のリレー』で成《な》り立《た》っていると思っています」と、恵里さんはいいます。

小学生の「かいくん」は、そのバトンを受けついだひとりであり、活動を通して社会ともつながっているわけです。

海翔くんはまた、犬にも得手不得手《えてふえて》があることや、人よりずっとはやく、年をとっていくことを知ってます。家族の一員であり、セラピー活動してきた犬たちとの別《わか》れを経験《けいけん》しています。バディとも別れがくるその日まで、セラピー活動の時間をいっそう大切にしたいと考えています。

さて、本書にもあるように、ある施設《しせつ》で海翔くんとの再会《さいかい》をまちのぞんでいた人が、いきなり海翔くんを抱《だ》きしめる場面《ばめん》がありました。セラピーの場では、おどろいたりうれし涙《なみだ》を流したり、いろいろなシーンがあります。

犬を飼《か》っている人にも飼っていない人にも、セラピー活動の場の見学をお勧《すす》めします。セラピー活動のことをたくさんの人に知ってほしいという、海翔くんのねがいでもあります

井上こみち

二〇二〇年　早春

日本ではじめて動物介在活動《どうぶつかいざいかつどう》（CAPP）を立ち上げ、
現在《げんざい》も活躍《かつやく》している獣医師《じゅういし》、

柴内裕子《しばないひろこ》先生から かいとくんへのメッセージ

「ありがとう　かいとくん」

バディに会えたかいとくん、かいとくんに会ったバディ。

すばらしい活動をつづけているようすが見えるようです。

かいとくんとバディが、高齢者施設《こうれいしゃしせつ》を訪問《ほうもん》すると、ぱっと明るくなって大よろこびされる方々のお顔が目にうかびます。

かいとくんのおばあさまは、たくさんの保護犬《ほごけん》を助けて、セラピー活動を広げてくださっていますね。人類《じんるい》の歴史《れきし》のなかで、ずっと人によりそってきてくれた犬や猫《ねこ》たちは、人の幸《しあわ》せを支《ささ》えてくれています。

日本ではまだ小学生のボランティアは少ないのですが、外国では何歳からどのようなボランティアに参加《さんか》していたかを、とても大切に評価《ひょうか》しています。

これからもバディとともに、たくさんの方々を幸せにしてくださいね。

かいとくん、ありがとう。

公益社団法人　日本動物病院協会相談役
赤坂動物病院　総院長
社会福祉法人　日本聴導犬協会幹事他

セラピー活動をするには…

本書のセラピー活動は、1986年、公益社団法人日本動物病院協会（JAHA）の提唱、実施により始まったボランティア活動で、人と動物のふれあい活動＝CAPP（コンパニオンアニマル　パートナーシップ　プログラム）による、アニマルセラピーです。

ハンドラー（飼い主）と動物ペアで、各種福祉施設や高齢者施設、病院、学校などを訪問して、人と動物のふれあいを実施しています。その活動ぶりは各地で注目されています。

活動に参加するには、動物によりそれぞれ決まりがありますが、犬の参加基準は、

・1歳以上であること。
・ワクチンなどの予防措置ができていること。健康であること。
・室内飼育であること。
・排泄のコントロールや基本的なしつけ（まて、おいで）などができていること。
・興奮してとびついたり、吠えたりしないこと。
・飼い主以外の人にさわられても落ち着いていられる。攻撃や威嚇行動をしないこと。
・不妊去勢手術済が望ましいこと。
・人間が好きで、友好的なこと。
・新しい環境、なれない環境でもおちついていられること。などがあります。

人＝ハンドラー（飼い主）の活動参加に、とくに必要な資格はありませんが、おもな決まりとしては、

・年１回（医療施設での活動は半年ごと）、犬の健康診断書の提出をすること。
・犬をコントロールできる、犬の行動に責任がもてること。
・一般的な社会常識があること。
・活動前にはシャンプー、ツメ切りなどをして、犬の体を清潔にしておくこと。
・活動中の犬の状態を知り、犬にむりをさせないこと。などがあります。

参加年齢にきまりはありません。

CAPP認定パートナーズ

1年以上（10回以上）の活動実績があるペアでJAHA会員であること、不妊去勢手術済であることなどの受験資格を満たすと「CAPP認定パートナーズ」試験を受験できます。

認定試験には小論文の提出、犬との実技試験を行い、実技試験に合格すると、筆記試験に進みます。

実技・筆記試験に合格すると、そのペアは「認定パートナーズ」となり、ペア単独で活動できたり、広報活動に協力することもあります。また、チームリーダーの資格を得ることができます。

認定パートナーズは、3年ごとの更新手続きが必要です。

まずはCAPP活動に参加し、セラピーボランティアの経験を積んで、認定パートナーズ試験に挑戦したいものです。


詳しくはJAHAのホームページで「CAPP活動に参加するには」をご覧ください。

作者●井上こみち
埼玉県出身。作家。人と動物のふれあいをテーマとしたノンフィクションを多く手がけている。主な作品に『氷の海を追ってきたクロ』（学研）『災害救助犬レイラ』（講談社）『野馬追いの少年　震災をこえて』（PHP 研究所）『シャチのラビーママになる』（国土社）『ぼくアーサー』（アリス館）『ディロン～運命の犬』『犬の消えた日』（ともに幻冬舎文庫・テレビドラマ化）『海をわたった盲導犬ロディ』（理論社）で第1回日本動物児童文学賞、『カンボジアに心の井戸を』（学研）で第28 回日本児童文芸家協会賞、『往診は馬にのって』（佼成出版社）で第6回福田清人賞受賞。

装丁●石山悠子

取材協力（敬称略）（公社）日本動物病院協会（JAHA）／
岡崎東病院／米津老人保健施設／シルヴィー西尾／
CAPPボランティア「チームソックス」／
バディたちの保護に携わったボランティアのみなさん

写真撮影・協力　太田惠理／矢文晶／井上こみち

かいくんとセラピー犬バディ

2020年2月25日初版1刷発行
2024年9月10日初版3刷発行

文　井上こみち
発行　株式会社　国土社
〒101-0062　東京都千代田区神田駿河台2-5
電話　03-6272-6125　FAX　03-6272-6126
URL　http://www.kokudosha.co.jp
印刷　株式会社　モリモト印刷
製本　株式会社　難波製本

落丁・乱丁本はいつでもお取り替えいたします。
NDC 916/119p/22cm ISBN978-4-337-31011-7